THE ENGLISH PEOPLE AND
THE SPIRIT OF ENGLAND

George Orwell

# 英国人与英国精神

〔英〕(George Orwell) 乔治·奥威尔 著

肖宏宇 译

北京大学出版社
PEKING UNIVERSITY PRESS

**图书在版编目(CIP)数据**

英国人与英国精神/(英)乔治·奥威尔(George Orwell)著;肖宏宇译.—北京:北京大学出版社,2023.7
ISBN 978-7-301-34113-1

Ⅰ.①英… Ⅱ.①乔… ②肖… Ⅲ.①散文集—英国—现代 Ⅳ.①I561.65

中国国家版本馆CIP数据核字(2023)第111347号


| 书　　　　名 | 英国人与英国精神 |
|---|---|
| | YINGGUOREN YU YINGGUO JINGSHEN |
| 著作责任者 | 〔英〕乔治·奥威尔（George Orwell） 著　肖宏宇　译 |
| 责 任 编 辑 | 朱梅全 |
| 标 准 书 号 | ISBN 978-7-301-34113-1 |
| 出 版 发 行 | 北京大学出版社 |
| 地　　　　址 | 北京市海淀区成府路205号　100871 |
| 网　　　　址 | http://www.pup.cn　新浪微博:@北京大学出版社 |
| 电 子 信 箱 | sdyy_2005@126.com |
| 电　　　　话 | 邮购部 010-62752015　发行部 010-62750672 |
| | 编辑部 021-62071998 |
| 印 　刷 　者 | 涿州市星河印刷有限公司 |
| 经 　销 　者 | 新华书店 |
| | 880毫米×1230毫米　A5　5.875印张　142千字 |
| | 2023年7月第1版　2023年7月第1次印刷 |
| 定　　　　价 | 49.00元(精装) |

未经许可,不得以任何方式复制或抄袭本书之部分或全部内容。
**版权所有,侵权必究**
举报电话: 010-62752024　电子信箱: fd@pup.pku.edu.cn
图书如有印装质量问题,请与出版部联系,电话: 010-62756370

# 导 读

　　《英国人与英国精神》收录了乔治·奥威尔于 20 世纪三四十年代所写的纪实散文和评论文章，包括《狮子与独角兽》《北方和南方》《关于民族主义的札记》和《英国人》。这些文章抓住了帝国由盛到衰时英国人的文化心态与价值取向，呈现了战争和时代剧烈变迁中英国人的彷徨与希冀，以及奥威尔对于现代化和民族主义的反思。

　　奥威尔有着典型英国人的爱好和钟情的生活方式。他坦言喜欢养花种菜、英式烹调、印度红茶、壁炉烛光和舒适的椅子，不喜欢城市、喧嚣、汽车、收音机和现代家具。他出身于不那么富裕的中产家庭，曾与上流阶级的子弟一起接受教育，还在英国殖民地做过警察，穷困潦倒时"洗过盘子，当过家庭教师"，在书店打过短工。境遇好转后，他靠写作维持生活，找到了自己的灵魂伴侣，还开过一家杂货铺，上过战场，受过伤。第二次世界大战期间，奥威尔曾多次报名参军，皆因体检不合格遭拒，后参加国民自卫队，加入了英国广播公司，主持对印度广播，并参与了有关战争的报道，也担任过工党刊物《论坛》的文学编辑。这些丰富的阅历和社会生活体验为他展现文学才华以及探讨社会巨变下的英国国民性和文化特色提供了坚实的实践根基。

　　他毫不掩饰作为一个英国人的自豪，"写英语乃至说英语不是科学，而是艺术"。英国文化独一无二，它表现在"丰盛的早餐、阴沉的礼拜天、雾蒙蒙的城镇、蜿蜒的道路、绿色的土地和红色的邮筒。它有着自己专属的味道"。然而，他最推崇的还是绅士风度，尤其是英国普通人的文雅举止，如人群自觉排队，汽车售票员待人和蔼可亲，警察无须配枪等。他不讳言英国人的伪善，"绅士风度夹杂着野蛮"，尤其是在帝国问题上的两面派做法："八十年来，英国一直在人为阻碍印度的发展，部分原因是担心，如果印度工业过于发达，就会与英国发生贸易竞争，部分原因是落后民族比文明民族更容易管理。"在这个问题上，他同样是伪善的，"印度需要的是在不受英国干涉的情况下制定自己宪法的权力，但需要与英国保持某种伙伴关系，以获得军事保护和技术支持"。他没能免俗，也爱"凡尔赛"，自诩英国统治者不像德国那样鼓吹纳粹诉诸种族主义，英国媒体不像法国媒体那般无耻地直接收钱办事，英国语言的使用也不像美国那般随意。

　　他是纯粹的英国人，有着基于经验主义的惯性思维和带有讽刺挖苦意味的幽默。他喜欢莎士比亚，也喜欢狄更斯。他深受毛姆"直截了当讲故事"的影响，以记者在场和纪实的手法，精准再现立体多样且具特色的英国日常生活细节，如"刚吃完腌鱼和喝过浓茶的一家人围坐在煤火旁"的温馨场景。他把对日常经验的描写置于广阔的社会和现代化的历史中，将个人焦虑与对现代化的反思结合起来。他"不认为工业主义有着与生俱来的且不可避免的丑陋。……北方的工业城镇很丑陋，因为它们建造的时候，钢铁建筑和除烟方法还不发达，且那时每个人都忙于赚钱而顾不上其他事情"。他观察到英国人的素质在提升："就外表来说，富人和穷人的衣着，尤其是女性的衣着，差异已经很小了。

至于居住条件，英国仍然有贫民窟，这是文明的污点。"但他也指出，"英国人改掉粗野生活的习惯还不到百年的时间"。他那不经意的叙述指出了现代文明之原罪，带出了对责任与良知、个体独立性与群体权威之间张力的拷问："在我写作时，高度文明的人类正驾机飞过头顶，想要杀了我。他们不是对我个人有恶意，我对他们也没有。俗话说得好，他们只是在'履责'而已。"奥威尔作为知识分子的责任与焦虑跃然纸上。一方面，他承认"作家只有摆脱政党标签才能保持正直"；另一方面，他又认为"除非你不断努力把自己的个性抹掉，否则是无法写出什么可读的东西来的"。因此，他清醒地指出，英国北方和南方的地域歧视只是源于发展的不同阶段。民族主义的兴起也是如此。在他看来，无论地域歧视还是民族主义理论都是资产阶级塑造的一种思维习惯，是"自欺欺人的权力欲望"的说辞，这类说辞缺乏是非善恶的判断和自我的反思，对国际问题常常采取内外有别的"双标"；受到欧洲大陆思潮蛊惑的英国知识分子转向权力崇拜，比普通民众更容易被民族主义所俘获；依然坚守基督教伦理的普通民众只遵从"正派"做人的道理，认为"强权不是公理"。

　　奥威尔秉持的是柏克（Edmund Burke）开创的舆论引导的基调，认定现代英国文明是"微妙妥协的结果"，"是奇特的混合体，是真实与幻觉的结合，也是民主与特权的结合"。英国的民主不是"像有时候看上去的那样是个骗局"，因为统治者始终不敢对民意"装聋作哑"。民主虽然不完美，但有半个面包总是好过没有面包。"虽然法律既残忍又愚蠢，但至少不会腐败。"他批判英国的现状，为的是英国的未来，"狮子与独角兽"的题目来自英国国徽，直抒胸臆，"在预测目前发生的重大事件中英国应扮演的角色前，最为重要的是要搞清楚英国是啥"。他认为自19

世纪 80 年代以来英国有产者顽固不化，"一个工业化和资本主义的国家却被等级制度的鬼魂所困扰"。有产阶级的合法性逐渐削弱，无力应对纳粹的挑战，导致英语堕落蜕化，生育率下降，教育成了中产阶级最大的开销，"他们知道'高层有的是空间'这句话不是真的"，他们仅仅是希望工作稳定，并"为他们的孩子争得一个公平的待遇"。知识分子从未被统治者当作"高贵者"，"几乎没有任何显赫的头衔被授予任何一个可称之为知识分子的人"。在其 1947 年所写的《英国人的未来》中，奥威尔指出，只有在生育率提升，社会更加平等，知识分子受到尊重的情况下，英国才能在未来世界中保持住大国的地位。

　　他对工人阶级始终抱有一种浪漫主义的情怀，试图超越自身的阶级地位和知识分子身份去接触底层社会，从工人阶级那里吸取文化养分。在他看来，对抗资本主义、克服阶层固化弊端、战胜法西斯的希望在于工人阶级。他说工人阶级的家庭不像资产阶级的家庭那么暴虐，因为"工人的脖子上没有磨盘般沉重的家族名声负担"。工人阶级不虚伪做作，"如果你给一个工人一样他不想要的东西，他会告诉你他不想要；一个中产阶级则会接受这个他不喜欢的东西以避免冒犯你"。他通过"小店主"一词，暗示追逐私利的自由竞争的资本主义常常与国家利益相悖。他认同的爱国主义是人们"对某个地方、某种特定的生活方式的热爱"。爱国主义既是英国的民族底色，是英国人的"本能"，更是英国人的"无意识"，"英国的民族团结远远强于阶级对抗"。虽然各个阶层都是爱国的，但情感强弱有别。中产阶级比上层阶级更爱国，工人阶级的爱国情感最强烈。奥威尔希望通过革命改变资产阶级的特权，实现权力的根本转移，但他心目中的革命是自下而上的民众将爱国主义与智慧相结合的产物，并不必然导致流血，也不意味着一个阶级的专政。在他看来，英国赢得对法西斯主义的战争与英国社会主义革命应该是互为成就的，"不搞社会主义就无法赢得这场战争，不赢得这场战争，社会主义也无法建立起来"。他相信"比起资本主义，社会主义更有可能解决生产和消费之间的问题"，认为社会主义是要通过生产资料公有制，建立"一个自由与平等的大同世界，人权的平等是社会主义的应有之义"。

通过这些纪实报道性的文字，奥威尔借助文学的形式表达了他的左派政治立场和作为知识分子的担当与责任。他提醒国民，在珍视和继承国家特色的同时，更要反思自身制度的弊端，客观摆正变化世界中的本国地位。他称赞工业化带来的进步和国民素质的提升，也批判了工业化对环境的破坏与有产者的虚伪和顽固不化。

# 目 录

英国国徽中心图案为一枚盾徽，盾徽两侧各有一只头戴王冠、分别代表英格兰的狮子和苏格兰的独角兽。本文首次发表于 1941 年 2 月 19 日。

1942 年，包括军人在内的男女老少在伦敦河岸街排队等候公交车。

# 第一部分：英国，我的祖国

## 一

在我写作时，高度文明的人类正驾机飞过头顶，想要杀了我。

他们不是对我个人有恶意，我对他们也没有。俗话说得好，他们只是在"履责"而已。我毫不怀疑，他们中的大多数人都心地善良，遵纪守法，私下里对杀人的事想都不敢想。但是，如果他们中的一个成功地用炸弹把我炸成了碎片，他也不会因此而睡不好觉。他是为了国家才这么做的，罪行也由国家豁免了。

如果我们看不到爱国主义即忠于国家所带来的压倒一切的力量，我们就不会懂得现代世界。在某些情形下，爱国主义会瓦解，文明到达一定高度时，它还会消失。但是作为一种积极的力量，还没有能与之比肩的。基督教和国际社会主义在它面前都弱不禁风。希特勒和墨索里尼在各自国家登上权力的顶峰，很大程度上是因为他们二人能够明了这个事实，而其对手却不清楚。

同样，我们必须承认，民族与民族真正的差异源自不同的世界观。直至最近，人们认为假定所有人都一样的观点并无不妥。

但事实上，任何明眼人都知道，不同国家的人的行为有着很大的不同。一国发生的事情不大可能在另一国发生。比如，希特勒在德国进行的"长刀之夜"（June purge）是不可能在英国发生的。如其他西方人所说，英国人很另类。这就像暗地里承认，几乎所有外国人不喜欢我们英吉利民族的生活方式。没有几个欧洲大陆人能忍受得了在英国的生活，就连美国人通常都觉得在欧洲大陆比在英国更自在。

每当你从国外回到英国时，你甚至会立刻觉得呼吸的空气都不一样了。一瞬间，无数点滴细节涌上心头。啤酒更苦些，钢镚更重些，草更绿些，广告更直白些。长着温和的雀斑脸和张嘴就露出一口坏牙的城市人都彬彬有礼，与欧洲大陆人很不一样。但是，英国之广阔又会将你吞没，你会一时忘了，这个民族还有一个可辨认得出的特征。真有民族这类东西吗？难道我们不是四千六百万个个体，彼此各不相同吗？置身其中的难道不是各式各样，千姿百态吗？兰开夏郡（Lancashire）[1]磨坊镇的机器轰鸣作响，大北路上的卡车川流不息，劳工交易所（Labour Exchanges）外排着长龙，索霍区（Soho）[2]酒吧的弹子机叮铃叮铃响个不停，老妇人穿过秋日清晨的薄雾去领圣餐，所有这些不仅仅是片段，而且是烙着英国场景的片段。我们能从这乱麻般的片段中找到英国人的共性吗？

但是，在与外国人聊天，读外国书报时，你也会被带进同样

---

[1]　兰开夏郡是英格兰西北的一个郡，曾是工业革命的中心之一，特别以棉花工厂和煤矿闻名。——译者注。本书以下注释如无特殊说明均为译者注。

[2]　索霍区是伦敦西区的一个街区。该地区气氛活跃，热闹非凡，有许多咖啡馆、夜总会、剧院和餐馆。

的感觉。是的，英国文化的独特清晰可鉴，就像西班牙文化一样。这种独特总是让你联想到丰盛的早餐、阴沉的礼拜天、雾蒙蒙的城镇、蜿蜒的道路、绿色的土地和红色的邮筒。它有着自己专属的味道。它绵延不绝，串联起了未来与过往，就像某种生物体一样，有着与生俱来并将持续存在的东西。1940 年的英国与 1840 年的英国一样吗？这就像问，你和被你母亲挂在壁炉架上的相片里的那个 5 岁孩子一样吗？不一样，但照片上的孩子就是你。

重要的是，这就是你的文化，就是你。不管怨恨也好，嘲笑也罢，你无法摆脱它，一旦长时间与它分离，你就会难受。牛油布丁和红色邮筒已渗入你的灵魂。无论好与坏，它都是你的，你属于它，此生你都无法摆脱它在你身上留有的印记。

同时，与世界其他地方一样，英国始终在变化。像其他任何事物一样，它只能朝某个特定的方向变，这在一定程度上是可以预见的。当然那不是说，未来已成定局，而只是表明，有些选择是可能的，但另一些选择则不可能。一粒种子或者会长出果实，或者不会，但无论如何，总是种瓜得瓜种豆得豆，瓜种长不出豆子来。因此，在预测目前发生的重大事件中英国应扮演的角色前，最为重要的是要搞清楚英国是啥。

二

要弄清楚民族特征不是一件容易的事，而一旦确定下来，往往是些细枝末节，或是些彼此互不相关的事。西班牙人对动物很残忍，意大利人做事动静很大。显然，这些都是些无关紧要的鸡毛蒜皮。然而，一切事出有因。哪怕英国人牙不好这一事实也能说明英国生活的一些实际情况。

关于英国的特征，人们总结出了几点。一是英国人没有艺术天分。他们不像德国人或意大利人那样有乐感，绘画和雕塑在英国从未像在法国那样繁荣过。二是英国人没有思想，这常被欧洲人所津津乐道。他们害怕抽象思维，觉得自己不需要哲学或者系统的"世界观"。这不是因为他们"务实"，虽然他们非常喜欢标榜自己务实。人们只要看看他们的城镇布局和供水系统，他们所固守的那些过时的、令人讨厌的东西，那套经不起分析的拼写体系，那个只有算术书编撰者明白的度量衡系统，就会发现他们远不是那么注重效率。但是，他们有一种不假思索就行动的能力。他们的伪善举世闻名，比如他们在帝国问题上的两面派做法就与此有关。此外，面临重大危机时，整个民族能立即团结起来，凭着本能行动，这种本能是几乎所有英国人都理解的行为准则，虽然这种行为准则从未被制定出来。希特勒曾为德国人创造的"梦游者"（a sleep-walking）一词更适用于英国人。当然，被称为"梦游者"不是什么值得骄傲之事。

不过，此处有必要对英国的一个小小特征加以关注，这个特征非常明显，但很少被人们评论，那就是对花卉的热爱。这是头次来英国的人最先注意到的一个事情，如果这个人来自南欧的话，更是如此。这难道不与英国人对艺术无感的特征相抵触吗？当然不，因为这种爱好无关乎审美，反而同英国的另一个特征相关，这个特征虽是我们骨子里的一部分，但常常被忽视，那就是对于爱好和闲暇消遣的沉迷，即对英国生活的私密性的重视。我们是一个爱花的民族，但也是一个集邮者、鸽迷、木工活爱好者、优惠券收集者、飞镖玩家、字谜狂的民族。所有真正本土的文化都围绕着共同参与但非官方的活动进行——酒吧、足球赛、后花园、家庭和"一杯好茶"。人们仍旧信奉个人自由权利，几乎与 19 世纪一样。但是，这种自由与经济自由权利——那种剥削他人获取利润的自由无关。它是拥有自己的家的自由权利，在闲暇时间做自己想做的事的权利，自己选择爱好的权利，而非由来自上层的人替你选择。英国人最痛恨爱管闲事者。当然了，很明显，即使这种纯粹的私人自由也注定要失去了。像所有其他现代民族一样，英国人正处在被编号、标签、征召和"协调整合"的过程中。但是，他们的本能冲动却朝着相反的方向而去，使得强加于他们身上的管制因此会有所改变。在英国，无论政党集会、青年运动、色衫军还是排犹或"自发"的示威游行都没有立足之地。当然，很大程度上，也不会有秘密警察。

在所有的社会中，普通人总会在某种程度上对现存社会秩序有所不满。真正的大众文化隐藏在表面之下，是非正式的，多多少少不受当局待见。如果你观察一下英国的普通人，尤其是在大城市里的普通人，你会发现，他们没有什么清规戒律，赌博成瘾，为酒精耗尽薪水，爱开低俗玩笑，用词十分不堪。他们需要满足自己的这些嗜好，尽管有那些让人吃惊的伪善的法律制度（酒精许可证法、彩票法案等等）。这些法律的制定就是干涉限制每一个人，却又什么都没有限制。另外，平民百姓并无明确的宗教信仰，几个世纪以来都是如此。英国国教仅为土地贵族们所信守，从未真正影响到平民百姓。不信奉国教的也只是少数。百姓们虽然都快忘了基督的名字，但是仍然有着很强的基督徒气质。作为欧洲新兴宗教的权力崇拜已经影响到英国的知识分子，但还没有触及平民百姓。平民百姓从未紧跟权力政治的步伐。日本和意大利报纸宣传的"现实主义"会吓坏他们。从廉价文具店橱窗里的滑稽彩色明信片上，你可以看出许多有关英国精神的东西。这些东西是英国人不自觉地写下的日记，反映了他们所持的守旧的世界观，贵贱有别的装腔作势，既鄙俗又伪善的个性，格外温文尔雅的举止，和对生活所持的强烈的道德态度。

　　温文尔雅的绅士风度或许是英国文化最明显的特征。在你踏足英国土地的那一刻，就会注意到这一点，你会看到和蔼可亲的公共汽车售票员、不带配枪的警察。在英国，让人行道上的人给你让路比在其他白人国家都来得容易。因此，英国人对战争和穷兵黩武的厌恶被欧洲人斥为"堕落"或伪善。英国人的厌战思想深深植根于历史，对中低层阶级和劳动阶级有着很强的影响力。厌战思想虽然被连续的战争所动摇，但没被摧毁。如今人们还记得，英国士兵在街头总是被嘲笑，体面的酒吧老板拒绝军人进入更是常事。在和平时期，哪怕有 200 万失业者，规模很小的常备军依然面临兵源不足的问题，在这支军队中，军官主要来自乡绅和中产阶级的特殊阶层，士兵则多为农场劳工和贫民窟的无产者。大多数人对军事知识或军事传统一无所知，对战争的态度总是防御性的。没有哪个政治家能够通过承诺征服或者军事"胜利"来获取权力，没有哪首煽动仇恨的赞美诗能蛊惑他们。上次大战中的士兵自编自唱的歌曲主题表现的不是复仇，而是把自己当作失败者的幽默与自嘲①。他们口中唯一的敌人就是他们的军士长。

　　在英国，仅有一小部分人热衷所谓《统治吧，不列颠尼亚！》

---

　　①　"我不想找倒霉，我不愿上战场去打仗，我不愿再东奔西闯，我宁愿待在自己的窝，靠妓女挣钱养活。"但他们打起仗来并不这么颓唐。——原文注

（*Rule*，*Britannia*！）①的吹嘘与摇旗鼓噪。普通百姓不会把爱国主义挂在嘴边，甚至都想不到。没有一场军事胜利在他们的脑海中留下印记。像其他国家的文学一样，英国文学不乏描写战争的诗篇。但值得注意的是，赢得大众喜爱的那些诗篇，总是战败和撤退之类的故事，比方说，英国找不到关于特拉法尔加（Trafalgar）②或滑铁卢（Waterloo）③两场胜利战役的流行歌曲。比起辉煌的胜利，约翰·穆尔爵士④率部在科鲁尼亚（Corunna）为海上撤退进行的孤注一掷的防卫战（就像敦刻尔克大撤退⑤一样）更感人。冲锋方向都搞错了的一支骑兵队成为最激动人心的描写战争的英语诗的主角。对于上一场战争（即第一次世界大

———————————

①　《统治吧，不列颠尼亚！》是一首英国爱国歌曲，创作于1740年。最后几句歌词为大多数英国人所熟知："统治吧，不列颠尼亚！统治着海洋；不列颠人永不为奴。"

②　特拉法尔加战役是指1805年10月21日，英法海军在西班牙特拉法尔加进行海上决战，英军主帅霍雷肖·纳尔逊（Horatio Nelson）海军上将击败法西联合舰队，粉碎了拿破仑进攻英国本土的计划，使得英国建立起了多年的海上霸主地位。

③　滑铁卢战役是英国历史上最重要的胜利战役之一。1815年6月18日，由威灵顿公爵（the Duke of Wellington）指挥的反法同盟联军与法国军队在比利时小镇滑铁卢进行决战，联军获得决定性胜利，拿破仑一世第二次被迫退位，法兰西百日王朝覆灭。

④　约翰·穆尔（John Moore，1761—1809），英国军人。穆尔在半岛战争（1808—1814）中的科鲁尼亚战役中率领英军从西班牙西北方的科伦纳进行海上撤退，以付出近千人伤亡的代价换取16000名将士顺利从海上撤退，他自己也牺牲在战役中。他之所以被人们记住，主要是因为查尔斯·沃尔夫（Charles Wolfe）脍炙人口的诗歌《约翰·穆尔爵士的葬礼》。

⑤　敦刻尔克大撤退（Dunkirk Evacuation）是指1940年5月26日，在德国部队的快速攻势下英法联军防线崩溃，盟军撤至法国东北部的港口小城敦刻尔克，为避免被围歼而进行的大规模军事撤退行动。

战。——译者注），人们真正能记起的只有四个名字：蒙斯（Mons）[①]、伊普尔（Ypres）[②]、加里波利（Gallipoli）[③] 和帕斯尚尔（Passchendaele）[④]，每一场战役都是一场灾难。而对那些击溃德国军队的大型战役，普通大众毫无印象。

英国人反军国主义的态度令外国评论者反感的原因在于这种态度漠视了英帝国的存在。这种态度看起来是纯粹的伪善。毕竟，地球四分之一的土地被英国人占领着，这种占领靠的是一支强大的海军。他们怎敢反过头来，说战争是邪恶的呢？

的确，英国人在自己帝国的问题上是伪善的。在工人阶级身上，这种伪善表现为他们似乎根本不知道帝国的存在。但他们对

---

[①]　蒙斯战役是指 1914 年 8 月 23 日，英国军队与德国军队在比利时小镇蒙斯进行的会战，英军与德军的军力比例大概是 1∶2，在寡不敌众的情况下，英军被迫撤退。在一天的交战中，英军伤亡约 1600 人，德军伤亡多达 5000 人。这场战役对德国来说是战略上的胜利，它没有阻止德国军队向法国的推进。

[②]　伊普尔战役于 1914 年 10 月 14 日到 11 月 17 日进行，英国、法国、比利时联军与德国军队展开激战。英军有超过 54000 人伤亡和失踪，法军至少损失 5 万人，比利时损失 2 万多人，而德军伤亡超过 13 万人。

[③]　加里波利战役是指 1915—1916 年的加里波利之战，是英法联盟的一次失败的尝试。战役开始于 1915 年 2—3 月英国和法国船只对达达尼尔海峡的一次失败的海军攻击，并在 4 月 25 日继续对加里波利半岛发动大规模的陆地入侵，英国和法国军队以及澳新军团的几个师参与其中。由于缺乏足够的情报和对地形的了解，加上土耳其的强烈抵抗，到 10 月中旬，盟军部队伤亡惨重，在最初的着陆点几乎没有进展。1915 年 12 月盟军部队开始疏散，次年 1 月初完成。

[④]　帕斯尚尔战役是指 1917 年 7 月至 11 月协约国（英国、法国、比利时）与德国军队在比利时的帕斯尚尔进行的会战。该战役的伤亡人数有争议。在战斗中，英军的伤亡可能在 20 万到 44 万之间，而德军的伤亡估计在 26 万到 40 万之间。

常备军的厌恶也确实是出自完全合理的本能。海军不需要太多人，完全是一个对外的武器，不大可能直接影响到国内政治。军事独裁到处都有，但靠海军进行独裁还没有出现过。英国几乎所有阶级都从心底里厌恶趾高气扬的军事长官的嘴脸、马刺的叮当声和军靴的触地声。在人们还不知道有希特勒这个人存在的几十年前，在英国，"普鲁士"一词的含义就如同今天的"纳粹"。这种态度很强烈，以至于一百年来，英国军队的军官们在不执勤时总是穿着平民衣服。

　　要了解一个国家的社会氛围，快速有效的方式是观察其军队的阅兵式步伐。阅兵实际上是一种仪式舞蹈，有点像芭蕾舞，是在表达某种生活哲学态度。比方说，世上最可怕的正步走（鹅式步伐）远比一架俯冲轰炸机还令人胆战心惊。它就是在直白地宣示武力，有意识且有目的地展示一只军靴肆意踩踏一张脸的景象。丑陋就是其本质的一部分，因为它在说："对，我就是这么丑，你敢嘲笑我吗？"这就像一个恃强凌弱者对着受害者狞笑一般。英国为什么不采用正步走仪式？天知道有多少军官想引进这种仪式。但是，正步走在英国没有被采纳，因为担心遭到国人的嘲笑。在某种程度上，军事阅兵只有在百姓不敢嘲笑军队的国家才可能出现。在完全被德国人控制后，意大利人引进了正步走，可想而知，他们走的不如德国人好。如果维希政府能够存续的话，它肯定会将更严格的阅兵式纪律引进残存的法国军队。英国军队的操练刻板复杂，带有浓厚的 18 世纪军队的遗风，但不是宣扬武力。阅兵仅仅是展示遵循一定形式的步态。毫无疑问，这种仪式存在于用剑统治的社会，但剑决不能轻易出鞘。

　　然而，绅士风度夹杂着野蛮，使人产生违和感。我们的刑法就像"伦敦塔"（London Tower）① 里的毛瑟枪一样过时。能同纳粹冲锋队员（Nazi Storm Trooper）相媲美的英国人物是仍旧判罪犯绞刑的法官，某个遭受痛风折磨、思想还停留在 19 世纪的老恶棍常常给出野蛮的判决。英国人仍然会被处以绞刑，被九尾鞭抽打。这两种刑罚残忍又恶心，但从未有人对此提出真正有影响的抗议。英国人接受这些做法［还有达特穆尔（Dartmoor）监狱②和博斯托尔（Borstal）感化院③］简直像他们接受天气一样自然。这些做法是"法律"的一部分，而法律被认为是不可更改的。

这里涉及英国人的一个至关重要的特征：对宪政和法律的尊重。英国人认为"法律"凌驾于国家之上，也凌驾于个人之上。虽然法律既残忍又愚蠢，但至少不会腐败。

并非所有人都认为法律就是公正的。人人都晓得，富人和穷人适用不同的法律。但无人对此介意，人人都想当然地认为，法律就该得到尊重，如果法律没有得到尊重，就会有被冒犯的感觉。像"他们不能抓我，我又没犯法"或"他们不能那么做，那是犯法的"这类说辞在英国经常听到，是英国氛围的一部分。哪怕是自称为社会敌人的人也同其他人一样有这种强烈的维护法律

---

① "伦敦塔"是伦敦最古老最著名的建筑之一，位于伦敦市中心泰晤士河北岸，始建于 11 世纪后期。建成后，伦敦塔曾作为要塞，也曾一度作为皇宫使用。但是，此地作为监狱最为著名。

② 达特穆尔监狱位于英格兰西南部德文郡。自 1850 年以来，这里一直是英格兰重罪犯人的主要监禁中心，之所以有名，是因为从这里逃跑很难。

③ 博斯托尔感化院是英国少年犯教养所，因创建于 1902 年肯特郡的博斯托尔监狱而得名，所以一些类似机构都被称为"博斯托尔"，后来改名为教养中心，现在被称为少年犯机构。

的感觉。在威尔弗雷德·麦卡特尼的《墙上有嘴》（*Walls Have Mouths*）①或吉姆·费伦的《监狱之旅》（*Jail Journey*）②等描写监狱的书籍中，在对出于良心拒服兵役者进行审判的愚蠢行为中，在知名的马克思主义教授写给报纸的信中，"英国司法的误判"等情况被揭示出来，人们从中看到这种氛围的存在。人人都从心里认为，大体上，法律能够、应该也将会得到公正执行。认为只有权力没有法律的极权主义思想从未在英国扎根，即使知识分子也仅是在理论上接受了这种极权思想。

幻觉可能半真半假，脸部表情可能被面具改变。关于民主和极权主义"都一样"或者"都同样糟糕"的老套说辞从来没有考虑这个事实。这类说辞归结起来就是说，半个面包就等于没有面包。英国人仍然相信正义、自由和客观真理这类概念。这些概念可能是幻觉，但是却有着很强的影响。

英国人的行为被这些概念所影响，国民生活因此而发生了改变。随便看看，你就能找到证据。你看不到橡胶警棍，也看不到蓖麻油③。剑还在鞘里，只要剑在那儿，腐败就不至于太过猖獗。

---

① 威尔弗雷德·麦卡特尼（Wilfred Macartney，1899—1970），英国作家、冒险家、间谍。1915年，他加入英军，被分配到皇家陆军医疗队。1926年，他加入了英国共产党。1927年被捕，他被指控犯有《官方保密法》（1911年）规定的罪行，最终被判犯有多项罪名，包括试图获取皇家空军的情报和收集有关英国陆军机械化部队的情报。他被判处十年徒刑，同时再服两年苦役。在他从监狱释放后，于1936年出版了《墙上有嘴》一书。

② 吉姆·费伦（Jim Phelan，1895—1966），都柏林出生的作家和流浪者。他的著作包括小说、游记、政治散文，以及关于监狱生活、吉卜赛人和流浪汉的回忆录。他对监狱生活的研究是首屈一指的，1940年出版了《监狱之旅》。

③ 意大利的法西斯分子曾用给受害人大量灌服蓖麻油的方式恐吓反对者。这种刑罚会造成严重的腹泻与羞辱。

比如，英国选举制度虽然充满欺诈，明目张胆地为有产阶级重新划分选区。但是，只要公众的思想没有太大的改变，这套选举制度就不会完全不可救药。你在到达投票站时，不会看到有人用枪告诉你应该投哪一边的票，计票也不会出什么岔子，也不会有直接贿赂的情况。即使伪善也是一种强大的防护。那个穿着大红法袍、带着马尾假发判处罪犯绞刑的法官是英国最具象征意义的人物之一。除非被炸药炸醒，他永远不知道自己生活在哪个时代，他是无论如何都会引经据典地解释法律，在任何情况下都不会受贿的。他是奇特的混合体，是真实与幻觉的结合，也是民主与特权的结合，更是奸邪与正派的结合，这种结合是微妙妥协的结果，凭此这个民族保持住了其熟悉的形态。

## 三

我一直在说"民族""英国""不列颠"，好像四千五百万个灵魂可以被当作一个整体。但英国不是臭名昭著的两个国度吗，既是富国又是穷国？一年挣十万英镑的人和一周只挣一英镑的人可以相提并论吗？甚至连威尔士和苏格兰的读者都让我给冒犯了，因为我用"英国"这个词比用"不列颠"更频繁，好像所有英国人都住在伦敦和周边的各个郡县，而北部和西部没有自己的文化似的。

如果先从次要的方面看，你就会对这个问题看得更清楚。的确，生活在不列颠群岛上的各族人民自认为彼此之间差别很大。比如，如果你把一个苏格兰人称作一个英国人，他可不领你的情。你可以看出我们在这一点上多么犯难，因为我们至少有六个不同名称，英国、不列颠、大不列颠、不列颠群岛和联合王国，在非常庄严的时刻也叫阿尔比恩（Albion）①。在我们自己看来，甚至英格兰南北之间的差别都很大。但不知怎么地，一旦面对一个欧洲大陆人，任何两个不列颠人之间的差别就消失不见了。除了美国人外，很少有其他外国人能分辨出英格兰人和苏格兰人，抑或是分辨出英格兰人和爱尔兰人。对一个法国人来说，布列塔尼人（the Breton）和奥弗涅人（the Auvergnat）差异很大，马赛（Marseilles）口音在巴黎简直就是笑柄。②然而，我们说起"法国"和"法国人"时，我们就是把法国视为一个整体、一种单一文化，事实上也的确如此。我们自身的情况也是这样。在外国人眼里，甚至伦敦人和约克郡人（Yorkshireman）都很像一家人。③

　　从外部看英国时，甚至贫富之间的差异也不是那么大了。毫无疑问，英国贫富悬殊，其严重程度高于其他任何欧洲国家，你只要到离你最近的街道走走就会明白这一点。在经济层面上，英国的确是两个国家，如果不是三个或四个的话。但与此同时，绝大多数英国人都认为自己置身于一个单一的国家，意识到彼此更像，有别于外国人。爱国主义通常比阶级仇恨更强烈，总是强过任何国际主义。除了1920年的一段短暂时间外［不干涉俄国运动（Hands off Russia）］，英国工人阶级从未有过国际主义的想法或行动。在两年半的时间里，他们眼看着西班牙的同志被绞杀，

---

　　①　"阿尔比恩"是大不列颠岛最早的名称，现仍为该岛雅称。公元前4世纪甚至更早的时候，古希腊的地理学家就使用它，他们将"Albion"与"Ierne"（爱尔兰）以及不列颠群岛的小岛区分开来。"阿尔比恩"被翻译成"白色的土地"，罗马人解释说它指的是多佛的白垩悬崖。

　　②　布列塔尼、奥弗涅和马赛都是法国地名。

　　③　约克郡位于英格兰东北部，是英国最大的郡。

从未用罢工的方式进行声援。① 但当他们自己的国家（也是纳菲尔德勋爵②和蒙塔古·诺曼先生③的国家）处于危险时，他们的态度却截然不同。在英国可能遭受入侵的时刻，安东尼·艾登④通过电台呼吁成立地方防卫志愿军（Local Defence Volunteers）⑤。在最初的 24 小时内有 25 万人响应他的号召，在接下来的一个月里，又有 100 万人响应。只要将这些数字与因信仰而拒服兵役的人数进行比较，我们就会明白，与新的忠诚相比，传统的忠诚感召力多么大。

在英国，爱国主义在不同的社会阶级有不同的表现形式，但是它像纽带一样将几乎所有阶级连接在一起。只有欧化的知识分子才真正不受影响。作为一种积极的情绪，中产阶级比上层阶级更为强烈——比方说，学费便宜的公学比学费昂贵的公学更热衷于爱国主义示威活动——但是真正卖国的富人，如赖伐尔和吉斯

---

① 的确，他们在一定程度上提供了金钱援助，但多个资助西班牙运动筹到的资金总额还不到同一时期足球场营业额的 5%。——原文注

② 即威廉·理查德·莫里斯（William Richard Morris，1877—1963），英国汽车制造商，创办了莫里斯汽车有限公司，并热心慈善事业，成立了纳菲尔德基金会和牛津大学纳菲尔德学院。"纳菲尔德"（Nuffield）是他原籍牛津郡一个村子的名字。

③ 蒙塔古·诺曼（Montagu Norman，1871—1950），英国银行家，1920—1944 年任英格兰银行行长。

④ 即罗伯特·安东尼·艾登（Robert Anthony Eden，1897—1977），英国政治家、外交家，曾任英国国防委员会委员、陆军大臣、英国外交大臣和副首相等职。1955—1957 年出任英国首相。

⑤ 1939 年 9 月 3 日英国对德宣战后，官方就开始讨论德军入侵英国的可能性。1940 年，随着德军入侵比利时、荷兰和法国，英国确实存在被入侵的威胁。1940 年 5 月 14 日晚上 9 点，时任陆军大臣的艾登通过英国广播公司发表讲话，宣布成立"地方防卫志愿军"，他呼吁英国境内 17—65 岁、没有服兵役但希望保卫国家的男子报名参加志愿军。

林（the Laval-Quisling type）①之流，其人数可能并不多。工人阶级深受爱国主义精神影响，但他们并不自知。一个工人在看到联合王国国旗时并不会心潮澎湃。然而，众所周知的英国人的"岛民心理"和"仇外情绪"在工人阶级中比在资产阶级中要强烈得多。在任何国家，穷人总是比富人更爱国，且英国工人阶级对外国习惯更是嗤之以鼻。哪怕他们被迫在国外居住多年，他们也绝不入乡随俗，接受外国食物或学说外国话。几乎每一位出身工人阶级的英国人都认为说外国词时的正确发音是"娘娘腔"。1914—1918 年第一次世界大战期间，英国工人阶级与外国人发生了空前的密切接触，但唯一的结果是，他们带回了对所有欧洲大陆人的仇恨，德国除外，他们钦佩德国人的勇气。在法国土地上待了四年之久，他们甚至没能培养出对葡萄酒的喜好。英国人偏狭的岛民性，不愿意诚恳接纳外国人，是非常愚蠢的表现，必将时不时地为此付出沉重代价。但它也是英国的魅力所在，那些试图打破这种偏狭性的知识分子，结果往往是得不偿失。归根结底，这种看不惯外人的心理与把入侵者拒之门外的心理是英国人性格中的同一种品质使然。

---

①　皮埃尔·赖伐尔（Pierre Laval，1883—1945），法国政治家。20 世纪 30 年代，担任过多个内阁职位，并于 1931—1932 年和 1935—1936 年两度担任法国总理。法国沦亡后，在希特勒支持下，1942 年 4 月出任总理，并签署文件，将法国境内的犹太人运往德国集中营处死。法国光复后，1945 年 10 月 9 日被巴黎高等法院以叛国罪判处死刑。

维德孔·吉斯林（Vidkun Quisling，1887—1945），挪威政治家。1940 年挪威被纳粹德国征服，吉斯林与纳粹政权合作，于 1942—1945 年担任挪威首相。纳粹德国战败后，接受挪威法庭审判，最后被判处死刑，于 1945 年 10 月在奥斯陆被枪决。"吉斯林"这个名字在二战时成为"通敌者"或"卖国贼"的代名词。

现在我们回头谈谈我在上一节的开头似乎不经意地提起的英国人的两个特征。一个是缺乏艺术创造力。或许这是英国人游离于欧洲文化之外的另一种说法，因为他们在一门艺术上表现出极大的才能，那就是文学。但文学也是唯一不能跨越国界的艺术。文学，尤其是诗歌，特别是抒情诗，其实是一种自家人才懂的玩笑，离开了自身的语言群体，几乎没有什么价值。除了莎士比亚，其他任何的英国杰出诗人在欧洲都几乎无人知晓，连名字都未曾听说。拜伦①和奥斯卡·王尔德②的诗作虽被广泛阅读，但拜伦是因为错误的原因受到崇拜，王尔德则作为英国式伪善的受害者而受到怜悯。与艺术能力缺乏相关的但又不是很明显的是哲学思辨能力的缺乏，几乎所有的英国人都不需要一套有序的思想体系，甚至不需运用逻辑。

在一定程度上，民族团结意识代替了"世界观"。爱国主义情怀如此普遍，以至于连富人都深受影响。有时候，所有英国人都突然团结起来去做同样的事情，就像羊群遇到了一只狼那样。毫无疑问，法国遭受灾难时，这样的时刻出现了。经过八个月对战争局势的观望与徘徊，突然间，英国人知道自己得做什么了：首先，立刻将军队撤离敦刻尔克；其次，阻止入侵。就像是巨人

---

① 拜伦（George Gordon Byron，1788—1824），英国诗人，他的生平和他诗歌同样出名。他是浪漫主义运动的领军人物，过着一种浪漫英雄式的生活。由于受到英国社会的排斥，他的一生大部分在国外度过，在帮助希腊人民抗击土耳其统治的斗争中牺牲。

② 奥斯卡·王尔德（Oscar Wilde，1854—1900），出生于爱尔兰都柏林的剧作家、诗人，使他成名的是他迁居伦敦后的一些优秀喜剧。1895 年，他因具有当时被视为非法的同性恋倾向被捕入狱。出狱后，他在法国和意大利度过了余生。

的觉醒。快！危险！参孙（Samson），非利士人拿你来了！① 接着
迅速一致采取行动——随后，唉，立刻又睡了回去。如果是在一
个分裂的国家，此时就会爆发大规模的和平运动。但这是否表
明，英国人的本能总是能使他们作出正确的事？一点也不，他们
的本能只会让他们作出同样的事。比如，1931 年大选时，我们就
齐心协力地作了错误的决定。我们就像一意孤行的加大拉的猪群
（the Gadarene swine）②，但我真心怀疑，我们是否能说我们是在
违背自己意愿的情形下被推下山坡的。

　　由此可见，英国的民主并非像有时候看上去的那样是个骗
局。外国观察家在看到巨大的贫富差距，不公平的选举制度，统
治阶级对媒体、广播和教育的控制后，往往得出结论说，英国的
民主只不过是专制的一个委婉说辞罢了。但这种看法忽略了这样
一个不幸的事实：领导者和被领导者之间有着相当程度的共识。
哪怕人们多么不想承认，但几乎可以肯定的是，1931—1940 年的
国民联合政府代表了多数民众的意愿。这个政府容忍贫民窟的存
在，在失业问题上无所作为，奉行懦弱的外交政策。的确，公众
舆论也认可这种做法，这个时期的政府并未违背民意。这是一段
停滞不前的时期，这个时期的天然领导者都是些平庸之辈。

　　尽管有几千左翼人士进行了呼吁，但可以肯定的是，大多数

① 典出《圣经·旧约·士师记》。参孙是一位拥有天生神力的战士和军
事领袖，以徒手击杀雄狮并只身与以色列的外敌非利士人争战周旋而著名。
② 典出《圣经·马太福音》。耶稣将邪灵从附身者体内驱赶到猪群中，
在邪灵的驱使下猪群夺路而跑，冲下山崖落海而死。

英国人支持张伯伦①的外交政策。此外，可以肯定的是，张伯伦内心出现的挣扎同普通人的内心挣扎并无两样。他的对手说他是个阴暗狡猾的阴谋家，密谋把英国出卖给希特勒，但是更有可能的是，他只是一个愚蠢的老头，在老眼昏花中尽力做好自己的本分罢了。否则很难解释为何他的政策前后矛盾，为何他未能抓住眼前的任何一个机会。像普通大众一样，无论是选择和平还是战争，他都不愿付出代价。虽然那些政策彼此抵触难以相容，但都始终有民意的支持。无论他赴慕尼黑，还是尝试同苏联达成谅解，或者向波兰许诺，且履行诺言时，或者他三心二意地投入战争时，民意都在支持他。只是在他的政策后果日趋明朗时，民意开始转而反对他，其实是在反对他们自己过去七年来的麻木不仁。于是乎，人民随即选了一个更合他们心意的领导人——丘吉尔，因为他至少明白，不打是赢不了这场战争的。或许，再过上一段时间，他们将会选出另一个领导者，他能明白只有社会主义才能有效组织作战。

难道我是在说英国是个真正的民主国家吗？当然不是，哪怕《每日电讯报》（*Daily Telegraph*）的读者都不会这么认为。

英国是太阳底下阶级分化最严重的国家。这里势利和特权大行其道，主要由年迈糊涂者在统治。不管你如何看待这个国家，你都必须把这个国家里一致的情感考虑在内，这种情感表现在，危难临头时几乎所有国民表现出的同心同行的倾向。它是唯一没有被迫将数十万国民流放或将他们关押在集中营的欧洲大国。此

① 即亚瑟·内维尔·张伯伦（Arthur Neville Chamberlain，1869—1940），英国保守党首相（1937—1940），人们记得他，是由于他推行了绥靖政策。1938年，为了避免卷入对德国和意大利的战争，他签署了《慕尼黑协定》，之后他还称"这是属于我们这个时代的和平"。

时此刻，仗刚打了一年，抨击政府、赞美敌人、叫嚣投降的报纸和宣传册满大街都是，几乎无人干涉。这并不是出于对言论自由的尊重，而是大家认为，这类事情无关紧要。《和平新闻》(*Peace News*) 这类报纸的售卖不会带来什么危险，因为可以肯定的是，95％的英国人都不会去读这份报纸。一条无形的链条将整个民族联系在了一起。在任何正常时期，统治阶级都会进行劫掠、胡乱管理、搞破坏，把我们带入泥潭。但是，只要民意真正被听到，让统治阶级感到有人在下面拽着他们，他们无法装聋作哑，他们很难不作出回应。那些谴责整个统治阶级是"亲法西斯者"的左翼作家们过于简单化了。即使在让我们陷入眼下这种被动境地的政客当中，恐怕也很难揪出一个蓄意背叛国家之人。发生在英国的腐败很少是上面所说的这类。几乎所有的腐败情况都是自欺欺人的结果，就是左手不知道右手在做什么的腐败。因为不是有意为之，造成的破坏也就有限。人们在英国媒体上很容易看出这一点。英国媒体诚不诚实？在平时，英国媒体一点都不诚实。所有重要的报纸都以广告为生，广告商对新闻施加了间接的审查。但我认为，没有哪一家英国报纸可以直接用现金贿赂。在第三共和国的法国，除了极少数外，几乎所有的报纸都可以像在柜台买奶酪那样明目张胆地收买。英国的公共生活从来不会这么糟糕，从未堕落到连伪善的话都可以抛弃的崩溃边缘。

英国不是人们广为引用的莎士比亚所言的宝岛，但也不是戈培尔博士①形容的地狱。它更像是一个家庭，一个相当古板的维

---

① 即保罗·约瑟夫·戈培尔 (Paul Joseph Goebbels，1897—1945)，纳粹德国时期的国民教育与宣传部部长，擅长讲演，被称为"宣传的天才""纳粹喉舌"，被认为是"创造希特勒的人"。

多利亚式家庭，里面害群之马虽不多，但龌龊之事不少。在亲戚关系上，这户人家总是欺穷媚富。在涉及家庭收入的来源问题上，一家子串通好了保持沉默。年轻人总是受到压制，家庭的大权由不负责任的叔伯们和卧床不起的姑妈姨妈们掌控。但不管怎样，这还是一家子。它有自己的语言和共同回忆，当外敌来犯时，全家上下就会拧成一股绳。当家人没选对的一家子——或许，这就是你能用来描述英国的一句话。

# 四

也许滑铁卢战役是在伊顿公学的操场上赢得的，但是接下来所有战争的揭幕战都输在了那里。在过去四分之三个世纪里，英国生活中的一个重要事实是：统治阶级越来越腐朽无能。

1920—1940 年，统治阶级能力的衰退堪比化学反应。但在我写下这些文字的时候，统治阶级依旧有着统治的架势。就像一把换过两个新刀刃和三个新手柄的刀一样，英国社会的上层几乎仍然保持着 19 世纪中叶的模样。1832 年以后，旧土地贵族逐渐丧失了权力，但他们没有消失或变成古董，而是与取代他们的商人、制造商和金融家通婚，很快就将他们塑造成与自己一样的阶级。富有的造船主或棉纺厂主以乡村绅士的身份跻身统治阶级行列，把后代送入公学学习正确的礼仪举止，公学正是为此目的而创立的。英国是被一个不断从新贵中招募成员的贵族阶层统治着。考虑到白手起家者所拥有的能量，以及他们用金钱铺路进入这个至少还有着公共服务传统的阶级，人们很可能认为，有能力的统治者会从这种招新方式中产生出来。

但不知何故，这个阶级堕落了，丢掉了其能力和胆识，最后甚至连它的残酷也不见了，至此像艾登或哈利法克斯①这类自命不凡者才会脱颖而出。至于鲍德温②，我们甚至不能用自命不凡来抬举他，他简直什么都不是。20世纪20年代的英国内政处理已经相当糟糕，而1931—1939年的英国外交政策更堪称世界的一大奇迹。为什么这样说？到底怎么回事？是什么让每一个英国政治家在关键时刻都通过正确的本能作了错误的决定？

背后的事实在于，有产阶级早已丧失了合法的地位。他们处在一个庞大帝国和全球金融网络的中心，攫取着利息和利润，但是这些利息和利润被花在了何处？公道地说，大英帝国内的生活在许多方面好于帝国外部的生活。然而，帝国依然是欠发达的，印度依旧沉睡于中世纪，荒凉不见人烟的殖民地自治领③小心地将外国人阻挡在外。甚至英国本土也到处是贫民窟和失业者。只有住在乡间别墅的50万人能从现存体制中受益。同时，小企业合并成大企业的趋势使得越来越多的有产阶级不必履责，变成了纯粹的所有者，所有的工作都由领薪水的经理和技术人员代劳。很久

---

①　哈利法克斯（Halifax）勋爵，本名爱德华·弗雷德里克·林德利·伍德（Edward Frederick Lindley Wood，1881—1959），英国保守党政治家，曾于1938—1940年担任英国外交部部长，推行绥靖政策，二战期间担任英国驻美国大使。

②　即斯坦利·鲍德温（Stanley Baldwin，1867—1947），英国保守党政治家，曾三次出任首相（1923—1924、1924—1929、1935—1937）。其第一届政府因保护关税事件而结束；在第二届任期中因1926年的英国工人大罢工而结束；其第三届政府经历了法西斯主义在欧洲的崛起和爱德华八世退位而引起的英国君主制度危机等事件，并因漠视法西斯主义对和平构成的威胁而受到猛烈抨击。

③　自治领（Dominion）是英帝国殖民地制度下一个特殊的国家体制，是殖民地走向独立的最后一步，除内政自治外，自治领还有自己的贸易政策、有限的自主外交政策，也有自己的军队，但宣战权在英国。

之前，英国就有一个完全无所事事的阶级，靠他们自己几乎都不知道被投资到了哪里的金钱过活，你可以在《闲谈者》（*The Tatler*）[①] 和《旁观者》（*Bystander*）[②] 等杂志中看到这群"悠闲阔佬"的照片，如果你想看的话。这些人的存在无论如何都没有合法性。他们就是寄生虫，对社会的作用还不如跳蚤对狗的作用大。

　　1920 年，已有很多人注意到了这种情况。到了 1930 年，注意到这种情况的人已达到了数百万。英国统治阶级显然不会主动承认他们自己于社会不再有用。一旦承认，他们就得被迫放弃权位。他们也不可能像美国的百万富翁那样，把自己变成纯粹的强盗，肆意维护不公正的特权，用贿赂和催泪弹镇压反抗。毕竟，他们所属的阶级有特定的传统，他们上过公学，在那里他们受到了爱国主义教育，这种教育把必要时为国捐躯视为首要的戒律。因此，哪怕在劫掠自己的同胞时，他们也仍认为自己是真正的爱国者。显然，他们的出路只有一条——那就是逐渐变得愚昧无知。他们只能维持社会现状，<u>丝毫不知道如何进行改良</u>。他们只关注过去，无视周遭发生的变化，克服了重重困难，竟然还维持住了现状。

　　这种观点有助于我们理解英国的现状。它解释了伪善的封建

---

　　① 《闲谈者》是散文家理查德·斯蒂尔（Richard Steele）爵士于 1709 年 4 月在伦敦创办的期刊，每周出版三次，直到 1711 年 1 月。主题包罗万象，文字睿智幽默，这份期刊拥护辉格党，曾多次卷入政治争议。1901 年月刊《闲谈者》创立，主要刊登有关上层阶级和中上层阶级的社会活动、时尚和艺术方面的文章。

　　② 《旁观者》创办于 1903 年 12 月 9 日，涵盖了文学和戏剧新闻、政治、外交事务和体育等一系列主题。这份周刊的目标读者是中上层阶级，也会刊登一些绘画、卡通和短篇小说。1940 年，《旁观者》与《闲谈者》合并。在这次合并之后，出版机构的名字改成了"闲谈者和旁观者"。

主义的存在迫使有活力的工人离开了土地，导致乡村生活的凋敝；它解释了自 19 世纪 80 年代以来几乎没有任何改变的公学为何僵化；它解释了英国军队为什么那么无能，一次又一次令世界大跌眼镜。自 19 世纪 50 年代以来，英国参与的每一场战争都伴随着一系列灾难而开始，每一次，都是社会地位较低的人拯救了局势。从贵族中选拔出来的高级军官无法适应现代战争，因为要适应的话，他们必须承认世界正在发生改变。他们总是紧紧抓住陈旧的作战方式和武器不放，因为他们总是觉得每一场战争都是上一场战争的重演。在布尔战争（Boer War）① 之前，他们以祖鲁战争（Zulu War）② 的方式进行备战；在 1914 年那场战争之前，他们以布尔战争的方式备战；在当前这场战争前，他们又以 1914 年那场战争的方式备战。即使到了现在，英国还有数十万的士兵仍在操练拼刺刀，这种武器除了用来开罐头，什么用都没有。值得注意的是，海军和后来的空军总是比常规陆军更有效率。但统治阶级只能部分控制海军，几乎控制不了空军。

必须承认，只要局势和平，英国统治阶级的方法完全够用。英国人民显然也容忍他们。不论英国的统治多么不公平，但毕竟没有发生阶级决斗或者受到秘密警察的纠缠。世界上还没有哪个疆域如它一样拥有广大的领地且安享和平。占地球四分之一面积的帝国虽然如此辽阔，但维持帝国的军队人数却比巴尔干小国的

---

① 布尔战争（第一次发生在 1880—1881 年，第二次发生在 1899—1902 年），英国与居住在南部非洲的荷兰农场主布尔人之间的战争。布尔人在现在的南非建立了两个独立的共和国，英国企图控制整个地区。最后英国经过一番苦战取得了胜利。

② 祖鲁战争发生于 1879 年，是祖鲁人部落和英国军队在南非爆发的一场战争。经过几次战役之后，祖鲁人最终被英军打败。

军队还要少。从自由的消极的立场来看，其治下的子民会认为英国统治阶级还是有一套的，比起真正的现代人，如纳粹和法西斯主义者，他们是更好的统治者。但是显然，他们无力抵御任何来自外界强敌的攻击。

他们不会同纳粹或者法西斯主义斗争，因为他们对其根本不了解。他们也不会同共产主义斗，如果共产主义在西欧足够强大的话。要理解法西斯主义，他们必须研究社会主义理论，该理论将迫使他们明白他们赖以为生的经济制度有多么不公、低效且落伍。但是，他们蓄意要回避的也正是这个事实。他们对待法西斯主义的方式就像 1914 年的骑兵将领对待机关枪一样，对之视而不见。法西斯的侵略和屠杀已进行了多年，他们只抓住了一个事实，即希特勒和墨索里尼都敌视社会主义。因此，他们认为，希特勒和墨索里尼肯定会对英国金融食利者抱有好感。于是就有了那令人瞠目结舌的场面：运送食物给西班牙共和国政府的英国船只遭到意大利飞机的轰炸，保守党议员竟然为此而欢呼雀跃。即使他们开始明白法西斯主义的危险，但法西斯主义的颠覆性本质，其能调动的巨大军事力量、将使用的策略，仍然是他们所无法理解的。在西班牙内战期间，任何能从六便士的社会主义宣传小册子中获取政治知识的人都知道，如果佛朗哥获胜，英国将面临战略性灾难。然而，那些毕生都在研究战争的将军们却无法理解这一事实。这种政治上的无知渗透进整个英国的官僚阶层，从内阁部长、大使、领事、法官、治安官到警察，概莫能外。那些逮捕"赤色"人物的警察不理解"赤色"人物所宣扬的理论；如果他恰好理解的话，他作为有产阶级的鹰犬的角色可能会让他不舒服。我们有理由认为，哪怕是军事间谍活动，也会因为对新经济学说和地下党组织活动的无知而严重受阻。

英国统治阶级认为法西斯主义是站在自己这一边的想法并非完全错误。西蒙①、霍尔②、张伯伦等人本能地想同希特勒达成协议。但是，此处我所说的英国生活的独特特征，那种强烈的民族团结意识，开始起作用了——这些人的行为只会造成帝国的分裂，人民受奴役。一个真正腐败的阶级会毫不犹豫地这么做，就像法国那样。但是在英国，情况还没有那么糟糕。在英国公共生活中，几乎找不到会说出"向我们的征服者效忠"这类奉承话的政治家。他们在收入与原则之间徘徊，像张伯伦这类人，什么事情也干不来，最终只会把两边都给得罪了。

有一件事能显示英国统治阶级还是有着起码的道德感的，那就是在战争时期，他们随时准备杀身成仁。几位公爵、伯爵和其他爵位拥有者牺牲在第一次世界大战中的佛兰德斯（Flanders）战役③。如果他们真像有时候被斥责的玩世不恭的恶棍的话，为国捐躯的事情就不会发生。重要的是我们不要误解他们的动机，否则我们无法预测他们的行动。他们不会叛国，也不会成为懦夫，但他们会表现得愚蠢，会作出无意识的破坏活动，在本能驱使下犯错。他们并非邪恶之人，或者说还没有坏透；他们只是顽

---

①　即约翰·奥尔斯布鲁克·西蒙（John Allsebrook Simon，1873—1954），英国政治家，从第一次世界大战开始到第二次世界大战结束一直担任英国政府高级内阁职务。第二次世界大战期间是张伯伦绥靖政策的重要支持者之一。

②　即塞缪尔·约翰·格尼·霍尔（Samuel John Gurney Hoare，1880—1959），英国政治家，1936—1940年先后任海军大臣、内政大臣、掌玺大臣、空军大臣，为张伯伦内阁著名的绥靖分子。

③　佛兰德斯战役是第一次世界大战期间，德军与协约国军队于1914年和1918年在比利时、法国边境的佛兰德斯地区进行的两次战役。

固不化。只有他们失去了金钱和权力时，他们当中较年轻者才会明白自己处在哪一个世纪。

## 五

在第一次世界大战结束到第二次世界大战爆发前的这段时间，英帝国发展停滞不前，这几乎影响到每一个英国人，尤其是直接打击了中产阶级中下层的两个群体。一个是被冠以绰号"毕林普"（the Blimps）①的拥护帝国的中产阶级军人；一个是左翼知识分子。虽然表面上势不两立的这两个群体形象反差很大——领着半薪的上校仿佛恐龙，粗壮如牛的脖子上顶着一个小脑袋；高雅的知识分子则前额凸出，脖子细如麻秆——但他们在精神上却互为一体，相互影响。不管怎样，在很大程度上他们还是来自同一个大家庭。

早在30年前，毕林普阶层已经没有了活力。吉卜林②所称颂的子女多、教养不太高的中产阶级家庭的数目早在1914年前就开始减少。来自这些家庭的儿子们任职于陆海军，他们蜂拥进从美洲的育空河（the Yukon）到亚洲的伊洛瓦底江（the Irrawaddy）的蛮荒之地。灭掉这个群体的是电报。在逐渐变小的世界里，年

①　"毕林普"是指坚持传统态度和价值观并拒绝接受任何变化的人，尤其是那些认为不列颠最伟大的人。20世纪30年代，戴维·洛（David Low，1891—1963）创作了一个卡通人物——毕林普上校（Colonel Blimp），是一位当过军官的秃顶胖老头。他本人不是很聪明，总是认为自己的意见比别人的更为重要。

②　即拉迪亚德·吉卜林（Rudyard Kipling，1865—1936），英国小说家、诗人。一生共创作了8部诗集、4部长篇小说、21部短篇小说集和历史故事集，以及大量散文、随笔、游记等，于1907年获得诺贝尔文学奖，成为英国第一位获此奖的作家。

复一年，白厅（Whitehall）①的权力越来越大，个人的用武之地则越来越小。即使像克莱武、纳尔逊、尼克尔森、戈登这样的人②，在现代大英帝国中也找不到立足之地。到了1920年，几乎每一寸殖民地都处在白厅的掌控中。心地善良、过于斯文的绅士，身着深色西装，带着黑色礼帽，左前臂上搭着卷得整齐的雨伞，在马来亚（Malaya）、尼日利亚（Nigeria）、蒙巴萨（Mombasa）和曼德勒（Mandalay）过着呆板闭塞的生活。昔日的帝国开拓者沦为小职员，深陷于成堆的文牍和繁文缛节中。在20世纪20年代早期，曾在广阔天地驰骋的老一辈官员在变动的岁月中无力地挣扎。从那时起，吸引朝气蓬勃的年轻人参加帝国的行政管理几乎已是不可能了。这种情况同样也出现在商业领域。小贸易商都被大垄断公司所吞没。年轻人不是去印度进行商业冒险，而是在孟买或新加坡的某间办公室谋取一个职位，那里的生活虽然比伦敦的生活更无趣，但好在安稳。中产阶级依旧怀有的强烈帝国情怀主要是家庭传统所致，但对管理帝国的工作已没有了兴致。如果不是走投无路的话，能干的人是不会跑到苏伊士以东的地方去的。

20世纪30年代，帝国主义情结整体减弱，在一定程度上整

① 白厅，伦敦市内的一条街，连接议会大厦和唐宁街，是英国行政部门的代称。

② 罗伯特·克莱武（Robert Clive，1725—1774），英国首任孟加拉省行政长官，被英国人认为是英帝国最伟大的缔造者之一，但在殖民地人民眼中却是罪恶的强盗；弗朗西斯·尼克尔森（Francis Nicholson，1655—1728），英国军人，曾开拓和经营英国在北美的殖民地，推行促进贸易和普及教育的措施；阿瑟·查尔斯·汉密尔顿-戈登（Arthur Charles Hamilton-Gordon，1829—1912），曾历任英国若干个殖民地的总督，参与占领北京和火烧圆明园。

个英国的士气也逐渐低迷，这部分程度上是左翼知识分子造成的，而这一群体的发展壮大也正是由于大英帝国的衰落所致。

值得注意的是，现在没有哪个知识分子不持某种"左派"立场。或许劳伦斯①成为最后一个右翼知识分子。大约从 1930 年起，每个被称为"知识分子"的人都生活在对现存秩序的长期不满之中。这是必然的，因为他在社会中难以找到容身之所。在一个完全停滞，既没有完全发达也还未瓦解的帝国里，在愚蠢之人统治下，"聪明"会遭到猜忌。如果你很聪明，能读懂艾略特②的诗歌，或者明白卡尔·马克思（Karl Marx）的理论，你的上级就会确保一切重要职位把你拒之门外。知识分子只能写写文学评论，或参加左翼政党来发挥自己的特长了。

通过对几份周报和月刊的研究，你就可以了解到英国左翼知识分子的精神状态。这些周报和月刊暴露出这些人最引人注目的特征，总是抱着负面的态度，满是抱怨，提不出任何有建设性的建议。他们写不出什么东西，写出来的也是些不负责任的吹毛求疵，因为他们从未掌过权，也从不指望会掌权。另一个显著的特征是，他们都情感肤浅，生活在理念世界中，很少接触现实生活。1935 年前，许多左派知识分子都在有气无力地叫嚣着和平，但在 1935 年至 1939 年间，又开始叫嚣与德国开战，但战争一打响，就立即噤声了。西班牙内战期间最彻底的"反法西斯者"如

①　劳伦斯（T. E. Lawrence，1888—1935），也称"阿拉伯的劳伦斯"，英国考古学家、军事战略家和作家，因其一战期间在中东的传奇性战争活动以及对这些活动的记述而闻名，作品有《智慧的七柱》《沙漠革命记》等。
②　即托马斯·斯特恩斯·艾略特（T. S. Eliot，1888—1965），美国诗人、剧作家、文学评论家和编辑，他是现代主义诗歌运动的领导者，代表作品有《荒原》（1922）和《四个四重奏》（1943）。

今变成了最彻底的失败主义者，这种说法虽然不完全正确，但大体上是成立的。在这背后隐藏着关于英国多数知识分子的一个重要事实——他们背离了这个国家的共同文化。

　　英国知识分子想尽办法让自己欧化。他们向巴黎学习烹饪，听取来自莫斯科的意见。他们与普遍的爱国主义氛围格格不入，形成了持异见思想的孤岛。英国大概是知识分子对自己的国籍感到耻辱的唯一大国。在左翼圈子里，人们总是以身为英国人而略感不光彩，有责任对每一件英国事物加以嘲讽，从赛马到牛油布丁。几乎所有的英国知识分子每逢起立聆听国歌《天佑吾王》（*God Save the King*）时感到羞愧难安，比从济贫捐款箱里偷钱还不自在，这很奇怪，但事实确实如此。在那些关键的年份里，许多左翼人士老是在打击英国人的士气，时而像是狂热的和平主义者，时而又像暴力的亲苏分子，无论怎样，都反英。我们不知道左翼人士到底有多大影响，但肯定是有些影响的。如果说，英国士气低落长达数年，导致法西斯国家认为英国已"腐朽不堪"而放心大胆地开战，那么，左翼知识分子对国家精神的败坏是部分原因。无论《新政治家》（*New Statesman*）① 还是《新闻

--------

　　① 《新政治家》是在伦敦出版的政治和文学周刊，它是英国著名政治周刊，也是世界领先的舆论期刊之一。1913 年由西德尼和比阿特丽斯·韦伯夫妇（Sidney & Beatrice Webb）创立。西德尼是费边社会主义者，而比阿特丽斯是他的政治和文学伙伴，他们的杂志反映了他们的追求，即成为一个独立的社会主义论坛，进行严肃的知识分子讨论、政治评论和批评。该杂志以对英国和世界政治场景的激进和讽刺性的分析而闻名。它的撰稿人来自英国最杰出的作家，因此，它的政治评论、文化文章和艺术评论，以及给编辑的信以其优雅和智慧而闻名。

---

纪事报》（*News Chronicle*）[①]都强烈反对《慕尼黑协定》，但即使如此，它们也做了一些事情促成该协定的签订。十年来对"毕林普们"的嘲弄已经影响到了征兵本身，使得让聪明的年轻人参军比以前变得更加困难。帝国的停滞使得拥有军事传统的中产阶级必定走向衰落，但浅薄的左翼思想的传播加速了这一进程。

显然，英国知识分子在过去十年里地位很特殊。他们是统治阶级愚蠢的副产品，成为纯粹的消极分子，一味反对毕林普们。他们无益于社会，他们并不懂得，对祖国的忠诚意味着"无论好与坏，她都是我的国"。无论毕林普们还是知识分子都认为爱国主义与智慧理性的分离是理所当然的，认为这才体现了自然法则。如果你是一个爱国者，你就会读《布莱克伍德杂志》（*Blackwood's Magazine*）[②]，公开感谢上帝让你"无头脑"。如果你是个知识分子，你会嘲笑国旗，认为展示勇气是野蛮的行为。很明显，这种荒谬的传统不能再继续了。木讷傻笑的布卢姆斯伯

---

① 《新闻纪事报》的前身是成立于 1872 年的《每日纪事报》。在 1904 年亨利·马辛厄姆（Henry Massingham）和罗伯特·唐纳德（Robert Donald）担任主编期间，该报获得了很高的声誉。《每日纪事报》支持自由党的左翼分子。1918 年 10 月 5 日，时任英国首相戴维·劳合·乔治（David Lloyd George，常直接称为"劳合·乔治"）的一群朋友收购了《每日纪事报》。唐纳德辞职以示抗议，并抱怨乔治试图"垄断公众舆论"。1930 年，《每日纪事报》和《每日新闻报》合并成为《新闻纪事报》。1960 年，《新闻纪事报》和伦敦晚报《明星》（*The Star*）停止发行。

② 该杂志最初名为《爱丁堡月刊》（*Edinburgh Monthly Magazine*，1817 年 4 月出版第 1 期），由出版商威廉·布莱克伍德（William Blackwood）创办，后改名为《布莱克伍德爱丁堡杂志》（*Blackwood's Edinburgh Magazine*）。

里（Bloomsbury）①的知识分子和骑兵上校一样都过时了。一个现代国家不再需要这两种人。爱国主义和智慧必须再次结合起来。事实上，我们正在打一场战争，一场非常特殊的战争，或许这场战争能让这种结合成为可能。

## 六

过去 20 年里，中产阶级的壮大是英国最重要的发展之一，它在上下两个方向的扩展，规模之大，使得旧的社会分类法——资本家、无产者、小资产阶级（小产业主）——已经过时。

在英国，财产和金融权力掌握在极少数人手中。多数人除了衣服、家具，可能还有一套房子外，就一无所有了。农民阶层早已消失了，独立的小店主阶层正在被消灭，小商人在一个接一个减少。与此同时，现代产业如此复杂，必须依靠大量的经理、销售员、工程师、化学家和各类技术人员才能运转。这些人可以获得相当高的报酬。这反过来又促进了由医生、律师、教师和艺术家等构成的专业群体的出现。因此，先进的资本主义趋势是要扩大中产阶级，而不像曾经看起来的那样要消灭中产阶级。

而更为重要的是，中产阶级的思想和习惯在工人阶级中的传播。比起 30 年前，英国工人阶级几乎在所有方面都有改善。这既要归功于工会的努力，也要归功于自然科学的进步。人们并不总能认识到，在有限的范围内，在实际工资不增加的情况下，一

---

① 布卢姆斯伯里位于伦敦中部地区，大英博物馆和伦敦大学的主楼都在这里，许多名人也在此居住，包括布卢姆斯伯里团体（Bloomsbury Group）。该团体是指 20 世纪初经常在伦敦布卢姆斯伯里以朋友身份聚会的一些英国作家和艺术家，他们鄙视维多利亚时代的观点，信仰艺术、友谊和社会进步。

个国家的生活水平依然可以获得提升。在某种程度上，文明会自我提升。不管社会治理得多么不公，某些技术进步必然会造福于整个社会，因为某些产品必然是共有的。比方说，一个百万富翁不能只让街灯为自己照明，而让其他人摸黑走路。几乎所有文明国家的公民现在都能享受到良好的道路设施、未被细菌污染的自来水、警察的保护、免费图书馆，可能还有某种程度的免费教育。英国的公共教育一直经费不足，但仍然得到了改善，这主要归功于教师们的努力，越来越多的人养成了阅读的习惯。富人和穷人越来越倾向于读同样的书，看同样的电影，听同样的广播节目。廉价服装的大量生产和住房的改善缩小了穷人和富人在生活方式上的差异。与 30 年乃至 15 年前相比，就外表来说，富人和穷人的衣着，尤其是女性的衣着，差异已经很小了。至于居住条件，英国仍然有贫民窟，这是文明的污点。但是，过去十年里，主要由地方政府出资的许多住房已经建好。带有浴室和电灯的现代市政公屋虽然比股票经纪人的别墅要小，但大体上还是同一类型的房屋，而不是农场工人住的农舍。一个在市政公屋长大的人，相比一个在贫民窟里长大的人，可能在思想上更接近中产阶级，事实上，这一点非常突出。

这一切所产生的后果是人们普遍变得温和。而现代工业方式不再看重体力劳动的倾向也促进了这种状态的出现。人们在一天工作之后有了更多的精力。轻工业中的许多工人的工作比医生或杂货商的还轻松。工人阶级和中产阶级在品味、习惯、举止和观点上逐渐趋同。不公依然存在，但是真正的差别消失了。旧式"无产者"的形象仍然存在，比如穿无领的衣服、不刮胡子、肌肉因繁重的劳动而扭曲，但数量在不断减少，他们只在英国北方的重工业地区占据主导地位。

　　1918 年后，一个难以确定其社会阶级的群体在英国出现了，这种情形前所未有。在 1910 年，不列颠群岛中的每一个人都可以根据其衣着、举止和口音立刻被归类。如今这行不通了。尤其是在那些由于价格低廉的汽车和工业南移而发展起来的新城镇，这种情形更为突出。寻找未来英国的方向，你需要去轻工业区和公路主干道沿线地区。在斯劳（Slough）、达格纳姆（Dagenham）、巴尼特（Barnet）、莱奇沃思（Letchworth）、海耶斯（Hayes）——事实上，在大城镇的外围周边——旧的模式逐渐演变成新的模式。在由玻璃和砖块构成的大片新荒原中，老式城镇的豪宅和贫民窟形成的鲜明对比，乡村的庄园大宅和肮脏农舍构成的反差，都已消失不见了。虽然收入差距很大，但大家都过着差不多一样的生活，只是层次有些不同，住在不需要怎么打理的公寓或市政公屋里，使用着水泥路的交通，一样赤条条地在游泳池里游泳。这是一种相当浮躁的没有文化的生活，罐头食品、《图画邮报》（*Picture Post*）①、收音机和内燃机构成了这种生活的中心。在这种文化中，孩子们对磁铁原理非常了解，却对《圣经》一无所知。属于这个文化的人是那些对现代世界感觉最自在且主要生活在现代世界的人，就是那些技术人员、收入较高的熟练工人、飞行员及机械师、无线电专家、电影制片人、受欢迎的记者和工业化学家。他们构成了一个难以确定的阶层，在此，昔日的阶级差别开始被打破。

　　如果我们胜了这场战争，那么现存的绝大多数阶级特权将被消灭。日复一日，容忍这些特权存在的人会越来越少。我们也无

---

　　① 《图画邮报》是 1938—1957 年在英国出版的标志性报纸，它定义了 20 世纪新闻摄影的风格。

须担心随着生活方式的改变，英国的生活会失去其独特的味道。大伦敦地区地铁中心线（红线）最新到达的地方非常粗鄙，但这些只是伴随变化而来的瑕疵。无论经历这场战争洗礼后的英国以何种姿态出现，它仍深深地带有我前面所说的那些特征。那些希望英国会变得像苏联一样或者德国一样的知识分子将会感到失望。英国人将保持着绅士风范，性格还是那么伪善、拙于思考，但尊重法律；依旧讨厌穿军装的士兵，钟情于牛油布丁。这些连同薄雾笼罩的天空一直会延续下去。唯有像被外敌长期统治这样非常巨大的灾难才会摧毁一个民族的文化。股票交易所将被关闭，马拉犁耕将被拖拉机取代，乡村房屋将被改建成儿童度假营地，伊顿公学和哈罗公学的比赛将被遗忘，但英国仍是那个英国，它是那头自古以来就存在的巨兽，将继续存在下去，像所有生物一样，它会变得难以辨认，但仍然还是其本身。

# 第二部分：战争中的小店主

## 一

　　我动笔时，耳边刚刚传来隆隆的德国炸弹声；我开始第二章时，英国已是炮火连天。黄色的炮火照亮了天空，屋顶上的碎片叮当作响，伦敦桥要塌了，塌了，塌了。只要看得懂地图，都会明白我们身处险境。我不是说我们已经打败了，或者可能会败。几乎可以肯定地说，胜负取决于我们自己的斗志。但是此时此刻，我们险象环生，已经土埋脖子了。这完全是咎由自取，而目前我们还在犯同样愚蠢的错误，如果我们不立刻改过自新的话，我们将万劫不复。

　　这场战争已经证明，私人资本主义——土地、工厂、矿山和交通都是私人占有，纯粹为了利润而存在的经济体制——行不通了。这种体制无助于社会。数百万人早已了解这个事实，但是却无所作为，因为社会下层并没有真正要改变这个体制，而身处社会上层者正是在这方面已经练就了"死猪不怕开水烫"的本事。争论和宣传一概无用。财主们只是赖在位置上，宣称一切都在向好。然而，希特勒对欧洲的征服彻底暴露了资本主义的问题。尽管战争是邪恶的，但它是一场不容辩驳的实力考验，就像一台握力器在测试你的力气。强大的实力获得立竿见影的回报，没有办法弄虚作假。

　　当螺旋桨刚发明出来时，关于螺旋轮船和明轮船哪个更好的争论持续了好几年。和所有被淘汰的事物一样，明轮船不乏支持者，其论点很有见地。但是，最终，一位杰出的海军上将，把马力相同的一艘螺旋轮船和一艘明轮船并排放好，并同时发动了两船的引擎，从而彻底解决了这个问题。类似的情况也出现在挪威和佛兰德斯，从而一劳永逸地证明了有计划的经济要强于无计划的经济。不过，这里有必要对"社会主义"和"法西斯主义"这两个词进行一番解释。

　　社会主义通常被定义为"生产资料公有制"。大体说来，就是国家代表全民占有一切，每个人都是国家的雇员。这并不意味着人民被剥夺了私人财产，如衣服和家具等，而是指一切生产资料，如土地、矿山、船舶和机械，都属于国家财产。国家是唯一的大型生产者。社会主义是否在各方面都比资本主义优越尚无定论，但可以肯定的是，比起资本主义，社会主义更有可能解决生产和消费之间的问题。在正常情况下，资本主义经济无法消费掉它生产的所有产品，因此总是会造成过度生产的浪费（卖不出的

1940 年 9 月 7 日，德国空军夜袭伦敦，德军一架亨克尔 He 111 轰炸机（Heinkel He 111）飞过伦敦东区的沃平和道格斯岛。

1940 年 9 月 7 日，德军空袭后，泰晤士河沿岸可以看到伦敦码头冒出的浓烟。

1940 年 9 月，德军轰炸伦敦后，伦敦东区三个孩子的家被炸弹击中。

1940 年 9 月 9 日，德军对伦敦进行轰炸后，一辆公共汽车被丢在哈灵顿广场的一个露台边上。当时这辆公交车是空的，但房屋内有 11 人被炸死。摄影：H. F. 戴维斯（H. F. Davis）

小麦拿到炉子里烧掉，捕上来的鲱鱼又被倒回大海等等），总是会出现失业。另外，在战争时期，资本主义很难生产出所需要的一切，因为除非某种产品有利可图，否则根本没有人会去生产。社会主义经济不会出现这些问题。政府只要计算出需要什么样的商品，就会尽力去生产出来。生产只受到劳动力和原材料数量的限制。在国内，金钱不再神秘与万能，而变成了一种配给券或票证，发行的数量足以买下当时所能提供的全部消费品。

然而，在过去几年里，我们清楚地看到，"生产资料公有制"本身并不是社会主义的充分定义。我们还须增加以下内容：收入的近似平等（只需近似）；政治民主；废除所有世袭特权，尤其是在教育方面。这些是防止阶级制度再次出现的必要保障措施。如果人民大众不是过着大致平等的生活，能对政府有某种控制，那么集中的所有制就没有什么意义。因为在那种情况下，"政府"可能只是一个自选的政党，基于权力而非金钱的寡头政治和特权可能就会回归。

但是，法西斯主义是什么？

法西斯主义，即德国版本的法西斯主义，在其国内，私有产权从未被废除，仍然有资本家和工人——这一点很重要，也是全世界的富人倾向于赞同法西斯主义的真正原因——一般而言，资本家还是资本家，工人还是工人，与纳粹革命前并无二致。与此同时，德国政府，也就是纳粹党，控制了一切，控制了投资、原材料、利率、工时和工资。工厂主依然拥有自己的工厂，但是实际上他已被降格为经理。每个人实际上都受雇于国家，不过薪水差距很大。显而易见，这样一种体制很有效率，杜绝了浪费，克服了阻碍。在七年时间里，德国就建立起世界上最强大的战争机器。

　　法西斯主义背后的理念与社会主义背后的理念大相径庭，不可调和。社会主义旨在建立一个自由与平等的大同世界，人权的平等是社会主义的应有之义。纳粹主义则恰好相反。其背后的驱动力是对人类不平等的信仰，坚信日耳曼族优越于其他种族，坚信德国有统治世界的权利。其唯一目的旨在建立德意志帝国。知名的纳粹教授反复"证明"只有北欧人才属于完整的人，甚至提出非北欧人种（如我们英国人）可以和大猩猩配种！因此，坦率地说，德国对被征服民族的态度就是剥削者的态度。捷克人、波兰人、法国人等的作用就是生产德国所需的商品，但得到的回报很少，以避免这些人公开反叛。如果我们被征服，我们的工作可能就是为希特勒即将发动的征服苏联和美国的战争生产武器。事实上，纳粹的目的是建立一种等级制度，四个主要等级与印度教非常类似，最高等级是纳粹党，第二等级是德国人民，第三等级是被征服的欧洲人，第四也是最低的等级是有色人种，他们被希特勒视为"半猿人"，将被公然当作奴隶驱使。

　　不管这个制度在我们看来多么可怕，但它确实有效。它之所以有效，是因为它是计划体制，只服务于征服世界这一明确的目标，不允许有任何私利妨碍目标的实现，不管是资本家的还是工人的。英国资本主义无效，因为它是一种竞争性体制，在这个体制内，私人利润是而且必须是其主要目的。在这种制度内，各个力量都在朝着彼此相反的方向运动，很多时候个人利益与国家利益完全相悖。

　　在关键的那几年，英国资本主义虽然拥有庞大的工厂和无可匹敌的技术工人队伍，却未能满足备战的要求。要为现代规模的战争做准备，我们必须将很大一部分国民收入用于军备武器，这意味着要削减消费品。例如，一架轰战机的价值相当于五十辆轿车，或者八千双丝袜、一百万条面包。显然，如果不降低国民生活水平，就不可能生产很多轰炸机。如戈林元帅①所说，是要大炮还是黄油的问题。但是，在张伯伦领导下的英国，这种转变无法实现。富人们不愿意为此多交税，怎么可能强迫穷人多交税呢？此外，只要利润仍是主要目标，生产者就不可能把生产消费品转变为生产军备武器。商人的首要职责是对股东负责。或许英国需要坦克，但也许制造轿车更赚钱。不让战略物资流入敌人手中是常识，但是卖出最高价是商业责任。到了1939年8月底，英国商人已清楚地知道，战争将在一两周内爆发，但他们仍争先恐后向德国出售锡、橡胶、铜和虫胶。这就好比卖给一个人一把剃刀，好让那个人拿着那把剃刀来割开自己的喉咙。但这是"好买卖"。

现在看看事情的结果吧。1934年后，大家都知道德国在重整军备。1936年后，每个明眼人都知道战争即将爆发。《慕尼黑协定》签订后，问题只在于战争何时打响。1939年战争爆发了。八个月后，人们发现，就装备而言，英国军队比1918年好不到哪里去。我们看到我们的士兵拼命向海岸进发，飞机以一对三，步枪对坦克，刺刀对冲锋枪。甚至没有足够多手枪发放给军官。经过一年的战争，正规军还缺三十万顶头盔，我们一度出现军服短缺——英国可是世界上最大的羊毛制品生产国之一。

事实的真相是，整个有产阶级不愿意面对生活方式的改变，

———————

① 即赫尔曼·威廉·戈林（Hermann Wilhelm Göring，1893—1946），纳粹德国的重要领导人，与希特勒的关系极为亲密，在纳粹党内有相当巨大的影响力。他担任过德国空军总司令、盖世太保首领、国会议长、冲锋队总指挥、经济部部长、普鲁士邦总理等跨及党政军三部门的诸多重要职务，并曾被希特勒指定为接班人。

对法西斯主义和现代战争的本质视而不见。以广告为生，只关心贸易是否正常运作的低俗报刊向公众灌输了不切实际的乐观主义。年复一年，比弗布鲁克①旗下的报刊用大标题向我们保证，"战争不会发生"；直到 1939 年初，罗瑟米尔勋爵②还称希特勒是一位"伟大的绅士"。陷入危机时，除了舰船之外，每一样战争物资都出现短缺，但没有记录表明英国缺少汽车、毛皮大衣、留声机、口红、巧克力或者丝袜。有人敢说私人利润和公共必需品之间的拉锯战不会继续吗？英国为生存而战，但生意必须为利润而战。打开一份报纸，你一定会看到两种意见相左的论调并排出现。就在同一页上，你会发现政府在敦促人们储蓄，而旁边就是一些没用的奢侈品的促销广告。一边是"借出你的钱，保卫我们的家园"，一边是"健力士啤酒对你有好处"；一边是买"喷火战斗机"，一边是快来买"海格牌威士忌""旁氏洗面奶""黑魔巧克力"。

　　但有一件事给了我们希望——公众舆论出现了明显的变化。如果我们能在这场战争中幸存下来，佛兰德斯一役的失败将成为英国历史上一个伟大的转折点。在那场惨烈的灾难中，工人阶级、中产阶级，甚至一部分商界人士都看清了私人资本主义的腐

---

　　① 比弗布鲁克勋爵（Lord Beaverbrook，1879—1964），英国政治家，报业主。出生于加拿大，后在英国定居，1910 年当选下院议员。两次世界大战期间均任英国内阁大臣。他购买了《每日快报》（*Daily Press*）和《标准晚报》（*Evening Standard*），并创办了《星期日快报》（*Sunday Express*）。他对这些报纸的报道和风格产生了重要影响，并在报业掀起了试图使各种不同观点都流行开来的运动，比如他认为应该保留英帝国这一观点。

　　② 罗瑟米尔勋爵（Lord Rothermere，1868—1940），英国实业家，名下有数份报纸，包括《每日镜报》（*Daily Mirror*）和《每日邮报》（*Daily Mail*）。

败透顶。在此之前，反对资本主义的论点从未得到证实。苏联，唯一确定的社会主义国家，落后且远在天边。针对面目可憎的银行家和厚颜无耻的股票经纪人的所有批判都败下阵来。社会主义？哈哈哈！钱从哪儿来？哈哈哈！财主们稳坐泰山，心中门清。但是法国垮台之后，无法一笑置之的东西来了，这是不能用支票或者警察可以对付得了的东西——轰炸。啾—嘣！那是什么声音？噢，是炸到股票交易所的一枚炸弹。啾—嘣！又来了一枚，有人在贫民窟仅有的一处房屋被炸飞了。无论如何，希特勒都会作为使伦敦成为笑柄的人而载入史册。有生第一次，那些生活得舒舒服服的人感到不舒服了，那些以散布乐观主义为业的人也不得不承认有些不对劲了。这是一个巨大的进步。从那时起，试图说服那些被人为搞得痴呆懵懂的人，让他们相信计划经济可能比那种让最坏者获胜的自由竞争更好——这项艰巨的工作再也不是那么难了。

## 二

　　社会主义与资本主义之间的差别主要不是技术层面的差别。我们不能简单地从一种体制转换到另一种体制去。这种转换不能像我们在工厂里安装一台新机器那样，安装后，由同样的人控制操作，工厂依然像以前那样运作。显然，制度的转换需要权力的彻底转移，需要新的血液、新人和新的思想——实际上，需要一场革命。

　　前文我提到了英国精神的稳定与一致，爱国主义像纽带一样把所有阶级连接在一起。在敦刻尔克之后，任何明眼人都能看到这一点。但是，假装那个时候的承诺已经实现是荒谬的。几乎可以肯定的是，普通民众现在已经准备好迎接必要的巨大变革，但是变革至今还未出现。

英国没有选好当家人，几乎完全由富人和那些依据出身而占据统治地位的人说了算。这些人多数本性不坏，其中也有一些聪明人，但是作为一个阶级，他们完全没有能力带领我们走向胜利。就算他们能摆脱物质利益的羁绊，他们也无法做到这一点。如我前文所指出的，他们已经被搞得昏聩了。撇开其他不说，金钱的统治意味着我们在很大程度上被老人所统治，他们完全不知道自己生活在什么时代，或者正在与什么样的敌人作战。在这场战争刚开始的时候，整个老一代人串通起来说它是1914—1918年那场战争的重演，没有什么比这更令人悲伤的了。所有老派人物都回来工作了，他们比上一次战争时老了20岁，一张张老脸更像骷髅。伊恩·海①在鼓舞士气，贝洛克②在写关于战略的文章，莫洛亚③在做广播宣传，班斯法瑟④在画漫画。这就像鬼魂们在开茶话会，整个局势几乎没有改变。灾难性的打击把少数几个

----

① 即约翰·海·比斯（Ian Hay Beith，1876—1952），英国小说家、编剧，"伊恩·海"是笔名，代表作品有《怠工》（*Sabotage*）、《三十九级台阶》（*The 39 Steps*）、《第一个十万》（*The First Hundred Thousand*）。

② 即约瑟夫·希莱尔·皮埃尔·勒内·贝洛克（Joseph Hilaire Pierre René Belloc，1870—1953），作家，拥有英国、法国双重国籍，笃信天主教，持反犹立场，代表作有《奴役国家》（*The Servile State*）、《欧洲与信仰》（*Europe and Faith*）、《犹太人》（*The Jews*）。

③ 即安德烈·莫洛亚（André Maurois，1885—1967），原名埃米尔·所罗门·威廉·赫佐格（Émile Salomon Wilhelm Herzog），法国作家，一战时曾担任英法两国的翻译官，二战时流亡英国，并担任法国战场的观察员，积极参与"法国解放运动"。

④ 即布鲁斯·班斯法瑟（Bruce Bairnsfather，1887—1959），英国漫画家，创造了"老比尔"这一漫画形象。

像贝文①这样有能力的人推上前线，但总体来说，我们还是被那帮人统治着，他们虽经历了1931—1939年，但却丝毫没有察觉希特勒是个危险人物。这一代顽固不化者就像一串僵尸做的项链挂在我们身上，威胁着我们。

一旦你考虑到这场战争的任何问题——无论是最广泛的战略，还是国内组织的最小细节——你都会明白，只要英国社会结构依旧如故，就不可能采取必要的行动。统治阶级从所处地位和教养出发，不可避免地为了捍卫自己的特权而战，而他们的特权与公众利益又不可能调和。如果认为战争目的、战略、宣传和产业组织像水密隔舱一样各自独立，互不关联，那就大错特错了。事实上，所有这些都是相互关联的。每一项战略计划、每一种战术方法，甚至每一个武器都带着其所在社会制度的烙印。统治阶级一直认为，其中有些人至今仍然认为，在反对布尔什维克主义的斗争中，希特勒是他们的保护人，现在他们在与这个保护人作战。当然，这并不意味着他们会故意出卖国家，而是意味着在每一个决定性的时刻，他们可能会犹豫不决、缩手缩脚、做错事。

从1931年以来，他们在无懈可击的本能驱使下一错再错，直至丘吉尔政府在一定程度上阻止了这一进程。他们曾帮助佛朗哥推翻了西班牙政府，尽管任何不是白痴的人都会告诉他们，法西斯统治的西班牙会与英国为敌。1939—1940年的整个冬天，他

---

①　即欧内斯特·贝文（Ernest Bevin，1881—1951），英国政治家、工会领袖。出身贫寒，自童年起便自食其力。1921年创建运输和杂务工工会并担任总书记（1921—1940）。1937年成为英国职工大会主席。1940年在丘吉尔战时内阁中担任劳工和国民事务大臣。在战后的工党政府中任外交大臣（1945—1951），为战后欧洲经济的复苏和北大西洋公约组织的形成做出了贡献。

们在向意大利提供战争物资，尽管全世界都知道，意大利人将在春天对我们发起攻击。为了几十万食利者的利益，他们把印度从盟友逼成了敌人。同时，只要有产阶级还在掌权，我们就只能采取被动防御的战略。每一次胜利都意味着现状的改变。我们怎么才能把意大利人赶出阿比西尼亚（今埃塞俄比亚），同时能避免我们自己帝国内的有色人种转而反对我们？我们怎么能在消灭希特勒的同时又不冒险让德国社会党人掌权？那些叫嚣"这是场资本家的战争"和"英帝国主义"在为掠夺而战的左翼人士，糊涂至极。他们的脑袋是拧着长的。英国有产阶级最不想获得新的领土，那只会让我们难堪。有产阶级的目的（既难以实现又难以启齿）就是保住已有的。

在国内，英国仍然是富人的天堂。所有关于"同等的牺牲"（equality of sacrifice）的说法都是胡说八道。工厂工人被要求忍受更长的工作时间的同时，报刊上却登着广告在招聘"管家1人，佣工8人"。被炸的伦敦东区的民众忍饥挨饿、流离失所时，富人们却钻进汽车，逃往舒适的乡间别墅。国民自卫队在几个星期内就增加到百万人，被从上至下地组织起来，唯有拥有私产收入的人才能担任指挥。就连配给制也是这样安排的，穷人始终受到打击，而年收入超过两千英镑的人实际上不受影响。处处可见特权在挥霍善意。在这种情况下，即使宣传也几乎变得不可能了。为了激起爱国主义情感，张伯伦政府在战争初期所发布的红色海报，其内容可以说是历来最肤浅的。然而，他们只能刊登这样的内容，不可能刊登其他内容，因为张伯伦及其追随者怎么能冒险激起民众强烈的反法西斯主义情绪？任何真正反对法西斯主义的人也一定会反对张伯伦本人，反对所有帮助希特勒上台的人。对外宣传情况也如此。在哈利法克斯勋爵的所有演讲中，没有提出任何一个切实的建议，能让哪怕一个欧洲人愿意作出一丁点儿的牺牲。因为哈利法克斯，或者任何像他那样的人，除了让时光倒流回 1933 年，还能提出什么战争目标呢？

只有通过革命，英国人民的聪明才智才能自由发挥出来。革命并不意味着红旗和巷战，而是意味着权力的根本转移。革命是否流血很大程度上取决于时间和地点。革命也不意味着一个阶级的专政。在英国，理解需要作出哪些改变，并有能力实现这些改变的人，并不局限于任何一个阶级，尽管年收入超过两千英镑的人的确很少。我们需要的是普通民众有意识地公开反抗低效率、阶级特权和老人的统治。这主要不是政府更迭的问题。英国政府大体上代表着人民的意志，如果我们自下而上改变我们的组织结构，我们就能得到我们需要的政府。那些年迈的或亲法西斯的大使、将军、官员和殖民地行政官比内阁大臣更危险，因为后者的愚蠢行为会暴露在公众面前。在国家生活的方方面面，我们必须反对特权，反对那种认为一个愚蠢的公学毕业生比一个聪明的机械师更适合指挥的观念。虽然公学毕业生当中不乏有才干且诚实的人，但我们必须打破有产阶级的统治。英国必须恢复其真正的面目。那个隐藏在表面之下、在工厂和报刊编辑室、在飞机和潜艇里的英国必须掌握自己的命运。

在短期内，实施"战时共产主义"（War-Communism）①，作出同等的牺牲，甚至比激进的经济改革更重要。工业国有化是非常必要的，但更为紧迫的是，诸如仆人和"私人收入"这样的畸形事物应该立即消失。几乎可以肯定的是，西班牙共和国能够在

①　"战时共产主义"是苏俄在 1918—1921 年国内战争时期推行的一项经济措施，其主要特点是征用私营企业，将工业国有化，实行余粮收集制等。

形势极为不利的情况下坚持两年半之久，其主要原因是没有明显的贫富差距。普通民众受了许多苦，其他人也一样。普通士兵没有烟抽，将军也没有。有了同等的牺牲，像英国这样的国家的士气将坚不可摧。但是，目前我们只能靠传统的爱国主义来激励人民，虽然我们的爱国主义情感比其他国家更深厚一些，但也不是取之不尽。在某些时候，你不得不面对这样一个人，他说："在希特勒统治下，我的生活也不会糟到哪里去。"你会怎么回答他呢？或者你能指望他听到何种答案？——一边是出生入死，一天才拿到 2 先令 6 便士的士兵；一边是坐在劳斯莱斯车里抚弄哈巴狗的肥胖贵妇。

这场战争很可能会持续三年之久。这意味着人们不得不忍受令人痛苦的超负荷工作、寒冷阴沉的冬天、食之无味的食品、娱乐生活的缺失，以及持续不断的轰炸。战争时期，人们总的生活水平必然会下降，因为生产的重点是武器而不是消费品。工人阶级将不得不忍受苦难。只要他们知道自己在为什么而战，他们就会无限期地忍受下去。他们不是懦夫，甚至没有国际意识。他们可以像西班牙工人那样忍受苦难，甚至更多。但他们想要某种证据，证明自己及下一代会过上更好的生活。而最具说服力的证据，就是当他们被征税和超负荷工作时，他们看到富人作出了更大的牺牲。如果能听到富人为此而发出痛苦的尖叫声，那就更好了。

如果我们真心去做的话，我们可以实现这些目标。在英国，公众舆论的确有影响力；舆论只要发出，某种目标就能实现。在过去六个月里，多数向好的转变是在公众舆论推动下进行的。但我们行动迟缓得如蜗牛一般，只有灾难的发生才让我们吸取了教训。付出巴黎陷落的代价，我们才摆脱了张伯伦；直到伦敦东区数万民众遭受了不必要的痛苦后，我们才摆脱或部分摆脱了约翰·安德森①爵士。为了埋葬一具尸体而输掉一场战斗是不值得的。因为我们正在与敏捷、邪恶而狡猾的敌人作战，时间紧迫，失败者只留下一声叹息，但历史不能改变或重来。

<h1 style="text-align:center">三</h1>

在过去的六个月里，有很多关于"第五纵队"的传闻。时不时有一些身份不明的疯子，因为发表支持希特勒的演讲而被关进监狱，同时大量德国难民被拘留，几乎可以肯定，这在欧洲对我们造成了极大的伤害。当然，一支由第五纵队成员组成的庞大有组织的军队，突然手持武器出现在大街上，就像荷兰和比利时所发生的那样，这种想法非常荒谬。尽管如此，第五纵队的危险依然存在。只有你在考虑英国会以什么方式被打败时，才有必要考虑这个问题。

光靠空中轰炸是不可能结束一场大的战争的。英国或许会被入侵并被征服，但入侵将是一场危险的赌博，如果入侵真的发生了且以失败告终，它可能会让我们比以前更团结，更少被毕林普们所羁绊。此外，如果英国被外国军队占领，英国人民会知道他们已经被打败，并将继续战斗。英国人民是否甘愿被永久地压迫，或者希特勒是否愿意让一百万德军常驻英伦群岛，都是值得怀疑的。一个由某某和某某（随便你说）把持的政府或许更合希特勒的心意。英国人或许不愿受欺压凌辱，不愿投降，但是他们很容易厌战，就像他们在慕尼黑会议上一样，被连哄带骗签署了

---

① 约翰·安德森（John Anderson，1882—1958），英国保守党政治家，曾先后担任内政大臣、财政部长和掌玺大臣等职位。

投降书后，还不知道自己已经投降了。当战争看起来进行得很顺利而不是很糟糕的时候，这种情况最容易发生。德国和意大利宣传的威胁语气犯了一个心理上的错误，因为这种宣传只对知识分子有用。对于普通民众来说，正确的说法应该是："就算我们打了个平手。"当以这种方式提出和平提议时，那些亲法西斯分子才会高声喧哗。

但是，谁是亲法西斯分子？希特勒的胜利吸引了很多富人、莫斯利①的追随者、和平主义者，以及天主教徒中的某些人。此外，如果国内局势不利的话，工人阶级中较贫困的阶层可能会转向失败主义，但不会积极支持希特勒。

在这张混杂的名单中，我们可以看到德国宣传的大胆，它向每个人都许诺一切。但各种亲法西斯势力并没有有意识地联合起来，他们各自为政。

英国共产党肯定会被认为是亲希特勒的，且会继续如此，除非苏联改变政策，但是他们没有太大的影响力。莫斯利的黑衫军虽然现在很低调，却是一个更严重的危险，因为他们可能在军队中拥有根基。尽管如此，即使在最鼎盛时期，莫斯利的追随者也不超过5万人。和平主义只是一种思想倾向，而不是一种政治运动。一些更加极端的和平主义者，一开始是反对一切暴力，到最后热烈拥护希特勒，甚至玩弄起反犹主义。这很有趣，但无足轻重。"纯粹的"和平主义，是海上霸权的副产品，只能吸引那些地

---

①　即奥斯瓦尔德·莫斯利（Oswald Mosley，1896—1980），英国政治家，1930年脱离工党，后成为不列颠法西斯主义者同盟的创始人和领袖。从他的政党所奉行的政策可以看出他对纳粹党人的崇拜，其成员变得日益狂暴和反犹。他仿照德国的"褐衫军"、墨索里尼的"黑衫军"创建了自己的准军事组织"黑衫军"，1940—1943年因为从事纳粹活动被英国政府软禁。

1941 年，在星期六晚上的空袭后，伦敦消防员奋力扑灭爆炸后留下的大火。

1940 年 12 月 29 日星期天，伦敦著名地标圣保罗大教堂在空袭下燃烧着烈火。
摄影：赫伯特·梅森（Herbert Mason）

位很安稳的人。此外，和平主义消极和不负责任的态度，不能鼓舞人心。在和平誓约联盟（Peace Pledge Union）①的成员中，甚至只有不到 15％的成员付年费。无论是和平主义者、共产主义者还是黑衫军，都无法通过他们自己的努力，形成一场大规模的反战运动。但对于一个背信弃义的政府来说，和平主义者可能有助于使其投降谈判变得更加容易。就像法国有些政党一样，他们可能会在不知情的情况下沦为百万富翁的帮凶。

真正的危险来自上层。你不必关注希特勒最近所说的那一套，什么他是穷人的朋友、财阀集团的敌人之类的话。在《我的奋斗》（*Mein Kampf*）和他的所作所为中，我们会发现他的真面目。他从未迫害过富人，除非他们是犹太人，或者积极反对他。他主张一种中央集权经济，剥夺了资本家的大部分权力，但没有改变社会结构。国家控制工业，但富人和穷人、主人和仆人依然存在。因此，与真正的社会主义相反，有产阶级一直站在希特勒一边。这一点在西班牙内战时十分明显，在法国投降时再次清楚地暴露出来。希特勒的傀儡政府不是由工人阶级，而是一群银行家、老迈糊涂的将军和腐败的右翼政客把持着。

那种明目张胆的有意识的叛国行为在英国不太可能成功，甚至更不可能有人会尝试去做这种事。然而，对于许多纳附加税的

---

① 和平誓约联盟是英国最古老的世俗和平主义组织。自 1934 年以来，它一直致力于建立一个无战争的世界，从二战期间的反轰炸行动到抗议当代的遥控无人机暗杀行动，从反对 20 世纪 30 年代停战日军事化行动到反对今天社会军事化运动。联盟成员签署了以下承诺："战争是反人类的罪行。我放弃战争，因此我决定不支持任何形式的战争。我也决心为消除战争的根源而努力。"

人来说，这场战争只是一场家庭内的愚蠢争吵，应该不惜一切代价加以阻止。人们无须怀疑一场"和平"运动正在高层的某个地方进行；或许影子内阁都已形成。这些人的机会不是在战败的时候，而是在战争陷入僵持，不满情绪给厌战情绪火上浇油的时候。他们不会提及投降，只会谈论和平；毫无疑问，他们会说服自己，也许还有其他人，他们在为了谋求最好的结局而努力。领导失业大军的百万富翁在引用"登山宝训"（the Sermon on the Mount）①——这就是我们的危险。但是，当我们一旦实现了合理程度的社会正义时，这种情况就不会出现。劳斯莱斯车里的那位女士可要比戈林的轰炸机更影响士气。

## 第三部分：英国革命

### 一

英国革命开始于几年前，当军队从敦刻尔克撤回时，它开始成气候了。就像英国的其他事情一样，它以一种沉闷的、不情愿的方式发生，且一直进行中。这场战争加速了革命的进程，但同时使加快革命速度的要求也越发迫切。

进步和反动与政党标签不再有什么关系了。如果你想指出一个特定的时刻，那么，你可以说，《图画邮报》发刊时，旧的左右之分就已经瓦解了。《图画邮报》的政治立场是什么？《乱世春

① "登山宝训"出自《圣经·新约·马太福音》，是耶稣在加利利的某座山上对追随者的教诲，提倡隐忍。

秋》（Cavalcade)<sup>①</sup> 的政治立场是什么？普里斯特利<sup>②</sup>的广播节
目，或是《标准晚报》（*Evening Standard*）的主打文章又如何？
旧的分类都不适合它们。这种情况只是表明，存在大量没有明确
政治标签的人，在过去一两年内，这些人发现了问题所在。但
是，由于一个没有阶级、没有所有权的社会通常被称为"社会主
义"，因此，我们可以给我们正在迈入的社会取这个名字。战争
和革命是不可分离的。不击败希特勒，我们就不能建立西方国家
心目中的社会主义；而如果我们还延续 19 世纪的经济和社会制
度，我们就无法打败希特勒。过去在与未来抗争，我们有两年、
一年，也许只有几个月，来确保未来的胜利。

我们不能指望这个政府或任何类似的政府，自行推动所需变
革。主动权必须来自下面。这就意味着英国前所未有的事件的发
生——一个有大众支持的社会主义运动的发生。但首先我们必须
认识到，为什么之前的英国社会主义失败了。

在英国，只有一个社会主义党派有过重大影响，那就是工
党。它从来没有能够实现任何重大变革，因为除了纯粹的国内事
务外，它从未有过真正独立的政策。它过去是，现在也主要是一
个工会政党，致力于提高工资和改善工作条件。这意味着在过去
的关键时期，它对英国资本主义的繁荣更有兴趣，特别是它要维

---

① 《乱世春秋》又名《气壮山河》，英国舞台剧，后被改编成电影，并
获 1933 年第六届奥斯卡最佳影片、最佳导演和最佳艺术指导奖。作品讲述
了两个不同阶层的英国家庭的故事，时间跨度从 1899 年一直到 1933 年新年
前夜，涉及第二次布尔战争、维多利亚女王辞世、泰坦尼克号沉没事故和第
一次世界大战等。

② 即约翰·博因顿·普里斯特利（John Boynton Priestley，1894—
1984)，英国作家、剧作家、广播员。在第二次世界大战期间，他是英国广
播公司（BBC）有影响力的定期广播员。

护大英帝国，因为英国的财富主要来自亚洲和非洲。工党所代表的工会工人的生活水平间接地取决于印度苦力的汗水。与此同时，工党是一个社会民主主义政党，使用着社会主义措辞，有着老式的反帝思想，或多或少承诺过要对有色人种进行赔偿。它不得不主张印度的"独立"，就像它不得不主张裁军和"进步"一样。但是，每个人都知道这是无稽之谈。在坦克和轰炸机时代，像印度和非洲殖民地这样落后的农业国家就像猫和狗一样无法独立。如果任何一个工党政府以绝对多数当选，然后给予印度真正意义上的独立的话，印度将会被日本吞并，或者被日本和苏联瓜分。

　　如果工党政府掌权，它可能在三大帝国政策中择其一。一是像以前一样管理帝国，这意味着放弃所有关于社会主义的虚词矫饰。二是给予臣民"自由"，这意味着实际上把他们交给日本、意大利和其他虎视眈眈的大国，并因此造成英国人生活水平的灾难性下降。三是制定积极的帝国政策，目标是将帝国转变为一个社会主义国家的联邦，就像苏维埃社会主义共和国联盟一样，但更加松散自由。但是，工党的历史和背景使得这种选项不可能。它只是一个工会党，目光狭隘，对帝国事务兴趣不大，而且与那些真正维系帝国存在的人素无接触。它将不得不把印度和非洲的管理权，以及帝国防御的全部工作，交给来自不同阶级、传统上反对社会主义的人。使一切都黯然失色的是，一个公事公办的工党政府能否做到政令畅通。尽管追随者众多，但工党在海军、舰队、陆军或空军中都没有立足之地，在殖民地事务部门也没有，甚至在国内文职部门也没有稳固的立足之地。在英国国内，工党的地位是牢固的，但也不是不可挑战；在英国以外，所有的关键职位都掌握在其对手手中。一旦掌权，它就会面临保守党曾经历的同样的困境：履行承诺，冒着被反抗的风险，或者继续执行与保守党相同的政策，不再谈论社会主义。工党领袖从未找到解决办法，从 1935 年起，他们是否希望执政是一个非常值得怀疑的问题。他们已经堕落成为永久的在野党。

在工党之外，还有几个政党，其中共产党的势力最大。在 1920—1926 年和 1935—1939 年，共产党对工党有相当大的影响力。他们和劳工运动左翼团体的主要作用是使中产阶级疏远社会主义。

过去七年的历史已经清楚地表明，共产主义在西欧是没有机会的。法西斯主义的吸引力更大。在一个又一个国家，共产党接连被这个更加摩登的政敌所取代。在英语国家，共产党没能真正立足。他们传播的信条只对中产阶级知识分子有吸引力。到了 1940 年，在运作了二十年、花了一大笔钱之后，英国共产党只有不到两万名成员，实际上这个数字比他们在 1920 年成立时还要少。其他马克思主义政党更加微不足道。他们身后没有苏联人的金钱和支持，甚至比共产党更加依赖于 19 世纪的阶级斗争学说。他们总是宣讲一些过时的信条，没有吸引到追随者，又没有从中总结教训。

本土的法西斯主义运动也没有成长壮大起来。英国物质条件还不够糟糕，也没有出现值得认真对待的领导者。要找一个比奥斯瓦尔德·莫斯利爵士思想更贫乏的人得花很长时间。他的头脑像水壶一样空洞。甚至法西斯主义不能触犯民族情感这一基本事实，他都没有注意到。他的整个运动就是盲目照搬国外，服装和政党纲领照搬意大利的，致敬礼照搬德国的，事后才补上了反犹主义——实际上莫斯利发起运动时，犹太人是他最重要的追随者。像博顿利①或者劳合·乔治②这样的人，或许可以掀起一场真正的英国法西斯运动，但是这样的领导者只有在公众心理需要他们时才会出现。

经历了二十年的停滞和失业，整个英国社会主义运动甚至未能提供一个广大人民群众认为可取的版本。工党支持怯懦的改良主义，马克思主义者仍然用 19 世纪的视角来看待当今世界。二者都忽略了农业和帝国问题，都激怒了中产阶级。令人窒息的愚蠢的左翼宣传吓跑了工厂经理、飞行员、海军军官、农民、白领工人、店主和警察等这些必须争取的阶层，使这些人认为，社会主义是威胁他们生计的东西，或者是他们称为具有煽动性的、外来的、"反英"的东西。只有知识分子，也就是中产阶级中最无用的那部分人，才会被这场运动所吸引。

一个真正希望有所作为的社会主义政党应该从正视以下几个事实开始，这些事实直到今天在左翼圈子里还被认为是不能提及的：这个政党必须看到英国比大多数国家更团结，英国工人失去的不只是锁链，还有其他很大的损失，而且不同阶级之间在观念和习惯上的差异正在迅速缩小。总之，它应该认识到老式的"无产阶级革命"行不通了。但是在两次大战期间，既具有革命性又可行的社会主义方案没有出现——毫无疑问，基本上这是因为没

---

① 即霍雷肖·威廉·博顿利（Horatio William Bottomley，1860—1933），英国金融家、记者、编辑、报社老板、议会议员。他最出名的是担任流行杂志《约翰牛》（*John Bull*）的编辑，以及在第一次世界大战期间发表的爱国演说。后因涉嫌在发行"约翰牛胜利债券"时舞弊谋利而被捕入狱，于 1922 年被判 7 年徒刑。

② 劳合·乔治（1863—1945），英国自由党政治家，1916—1922 年领导战时内阁，1926—1931 年担任自由党党魁。

有人真心希望发生任何重大改变。工党领导人希望能一直领取他们的薪水，时不时和保守党换换位置。左翼知识分子希望维持现状，继续嘲笑"毕林普们"，打击中产阶级的士气，但仍然保持自己有利的地位——作为食利者的附庸。工党政治变成了保守主义的一个变种，"革命"政治变成了一场虚幻的游戏。

但是现在，情况发生了改变，昏昏欲睡的日子结束了。作为一个社会主义者不再意味着在理论上反对一个在实践中你相当满意的制度。这次我们的困境是真实的。"参孙，非利士人拿你来了。"我们必须让理论变为现实，否则就会灭亡。我们很清楚，英国要是延续现行社会体制就要亡国了，我们必须让其他人了解这个现实，并采取行动。不搞社会主义就无法赢得这场战争，不赢得这场战争，社会主义也无法建立起来。在这样一个时代，推进既有革命性又切实可行的社会主义是可能的，而这在和平年代是不可能的。这样的社会主义运动将得到人民群众的支持，把亲法西斯主义者赶下权力的宝座，消除较大的不公平，让工人阶级看到他们奋斗的目标，赢得中产阶级而不是激起他们的反感，制定切实可行的帝国政策，而不是谎言和乌托邦主义的掺杂物，将爱国主义与智慧结合在一起——有史以来第一次成为可能。

## 二

我们身处战争之中的事实将社会主义从课本知识变成了可以实现的政策。

整个欧洲的局势已经证明了私人资本主义的低效。伦敦东区则见证了私人资本主义的不公正。社会主义者长期攻击的爱国主义，已经成为他们手中有力的杠杆。在祖国处于危险时，那些曾在其他时候像胶水一样，紧紧抓着他们那点可怜的特权残渣的人将愿意放手。战争是促成变革的最有力因素。战争加快了所有的进程，抹去了细微的差别，使现实浮出水面。最重要的是，战争让个体认识到，他并不完全是一个个体。只有在他们意识到这一点时，他们才会愿意战死沙场。此时此刻，与其说是牺牲生命，倒不如说是放弃休闲、舒适、经济自由和社会声望。没有几个英国人真的想看到自己的国家被德国征服。要是我们可以讲明白，只有消除了阶级特权才能打败希特勒，那么绝大多数的中产阶级人士，那些从一周挣六英镑到一年挣两千英镑的人，可能会站在我们这边。这些人是不可或缺的，因为他们当中包括了大多数的技术专家。显然，像飞行员、海军军官这些人的势利和政治上的无知将会是棘手的问题。但是，没有了这些飞行员和驱逐舰指挥官等人，我们连一周都坚持不了。唯一能够说服他们的理由就是他们的爱国情怀。一个明智的社会主义运动将会利用他们的爱国主义情怀，而不是像迄今为止那样进行羞辱。

难道我是在说，根本没有反对意见吗？当然不是。真的那么想就太幼稚了。

激烈的政治斗争将难以避免，到处都会出现有意或无意的破坏。在某些时候，可能避免不了暴力。比如，不难想象，在印度这样的地方，有可能发生一场亲法西斯的叛乱。我们不得不同贿赂、无知和势利进行斗争。银行家和大商人，地主和食利阶层，还有那些见风使舵立场不稳的官员，都会竭尽全力阻挠。在所习惯的生活方式受到威胁时，就连中产阶级也会痛苦纠结。但正因为英国的民族团结意识从未瓦解，正因为爱国主义强过阶级仇恨，多数人的意志就有可能获胜。幻想人们可以在不造成国家分裂的情况下就能实现根本性的改变是没有用的，但是在战争时期，背信弃义的少数人要比其他任何时候都少。

"闪电战"期间伦敦西区被用作防空洞的地铁站。

1940 年伦敦奥德维奇地铁站（Aldwych Tube Station）。二战期间，伦敦有 79 个地铁站被用作防空洞，但它们并不能抵御直接的袭击。

民意的转向是显而易见的，但不能指望它会自动地迅速发生。这场战争是希特勒帝国的巩固和民主意识发展壮大之间的竞赛。在英国的任何地方，你都可以看到铿锵的战斗，从议会到政府，从工厂到武装部队，从酒吧到防空洞，从报纸到广播。每天都有细微的失败与胜利。莫里森①竞选内政大臣——前进几步，普里斯特利被赶出了广播节目——后退几步。这是勇于探索者和顽固不化者之间的斗争，是年轻人和老年人之间的斗争，是生者和死者之间的斗争。但是，毫无疑问，不满情绪势必出现，不仅仅以阻碍的形式出现，而是有所指向。在这种时候，该由人民来定义他们的战争目标了。我们只需要一个简单、具体的行动纲领，并尽可能加以宣传，从而围绕这个纲领公众舆论得以形成。

我认为下面的六点计划是我们需要的，其中前三点是关于英国的内政，后三点是关于帝国和世界的：

第一，土地、矿山、铁路、银行和主要工业的国有化。

第二，平抑收入，使英国最高的免税收入和最低收入的比例不高于十比一。

第三，按民主原则，改革教育体制。

第四，赋予印度自治领地位，在战争结束时，有权脱离联邦独立。

第五，成立帝国国民大会，有色人种可以派代表参加。

第六，宣布与中国、阿比西尼亚，以及其他遭受法西斯侵略的国家正式结盟。

这个建议的整体倾向是明白无误的。其目的很明确，就是将

---

①　即赫伯特·莫里森（Herbert Morrison，1888—1965），在丘吉尔的战时内阁（1940—1945）中任内政大臣。

这场战争变成一场革命战争，把英国变成一个社会主义国家。我力争使其简单易懂，哪怕头脑最简单的人都不会不明白。按照这种形式，这个建议可以刊登在《每日镜报》（*Daily Mirror*）的头版。但为了这本书的目的，这里需要多说几句。

第一，国有化。制订工业"国有化"计划不难，但实际的过程缓慢且复杂。我们需要做的是将所有主要工业的所有权收归代表人民的政府。一旦做到了这一点，就有可能消灭那些不从事生产而仅仅依靠产权契约和股票凭证而生存的阶级。因此，国家所有制意味着，不工作者不得食。工业行为如此突然的改变意味着什么，尚不确定。在英国这样的国家，我们不能推倒整个建筑，然后再从头开始，尤其是在战争时期。不可避免地，大多数工业企业仍将雇用大致与以前一样的人，曾经的企业老板或者经理现在变成了国家的雇员，继续干着同样的工作。我们有理由相信，许多小资本家实际上会欢迎这样的安排。阻力将来自大资本家、银行家、地主和无所事事的富人，大体说来，就是那些年收入超过两千英镑的那个阶级——即使算上靠他们生活的人，在英国这样的人也不会超过五十万。农业土地国有化意味着消灭地主和什一税受益者，但不一定会对农民造成影响。很难想象英国农业的任何重组，不会保留作为基础单位的大部分现有农场，至少在开始时要保留。一个农民，只要他还能干，就继续做一个领薪水的经理。事实上，目前他就是这么做的，只是对他不利，因为他必须赢利，因为他总是欠着银行的钱。对于某些小额交易，甚至是小规模的土地所有权，国家可能根本不会干预，因为一开始就牺牲小业主的利益将会铸成大错。这些人的存在是必要的，他们大体上都很能干，他们干多干少取决于做"自己的主人"的那种感觉。但是，国家肯定会设置土地所有权的上限（或许最多为 0.06

平方公里），并且在城镇地区禁止私人拥有土地。

　　从所有生产资料被宣布为国家财产的那一刻起，人民就会感觉自己与国家是一体的，但他们现在感觉不到。他们会愿意承受眼前的牺牲，不论有没有战争。即使英国的面貌几乎没有改变，在我们的主要工业正式国有化的那一天，一个阶级的统治将被打破。从那时起，重点将从所有权转向经营，从依赖特权转向依靠能力。国家所有制本身带来的社会变革，很可能不如战争造成的普遍苦难所带来的社会变革那么大。但这是必要的第一步，没有这一步，任何真正的重建将不可能。

　　第二，收入。平抑收入意味着要设定最低工资，这意味着国内货币的管理主要基于可支配的消费品数量。这也意味着推行比现在更严格的配给制度。在世界历史的这个阶段，建议所有人都应该有完全平等的收入是没有用的。实践已经反复证明，如果没有某种金钱回报，人们就没有做事的动力。另外，金钱回报无须太大。实际上，不可能像我建议的那样严格限制收入，总会出现异常情况和规避行为。但是，没有理由反对把 10：1 的收入差异作为上限。有了这样的限制，一定程度上的平等氛围就有了。一个周薪三英镑的男人和一个年薪一千五百英镑的男人会感觉彼此是平等的，而威斯敏斯特公爵和睡河堤街①长凳的流浪汉则不可能有此种平等感受。

　　第三，教育。在战时，我们只是承诺而不是推行教育改革。目前我们无法提高离校年龄或增加小学师资力量。但是，我们可

_____

　　①　即维多利亚河堤街（the Victoria Embankment），它是伦敦的一条沿泰晤士河岸的大街。

以立即采取一些措施，来建立一个民主的教育体制。我们可以从废除公学和老牌大学的自主权开始，国家应资助那些仅仅凭借能力进入这些学校的学生。现行的公学教育在部分程度上是在培养阶级偏见，也在部分程度上反映上层阶级对中产阶级的压榨，是中产阶级获取进入某些职业的权利要交的税款。的确，这种状况正在改变。中产阶级已经开始反抗昂贵的教育，如果战争再持续一两年，大多数公学都会破产。疏散行动也造成了一些细微的变化。但有一种危险是，有些能够经受长时期金融风暴考验的老牌学校，将以某种形式存活下来，成为势利的温床。至于英国那一万所"私立"学校，绝大多数只配勒令关闭。它们只是生意而已，在许多情况下，其办学水准还不如小学。它们的存在仅仅是因为人们普遍认为，接受公共教育是一件没有面子的事情。国家可以通过宣称自己对所有教育负责来消除这种想法，即使一开始这只是一种姿态。我们既要有行动，也要有姿态。很明显，如果一个天才儿童是否应该接受他应得的教育完全取决于他的出身，我们所谓"捍卫民主"的说辞就是一派胡言。

　　第四，印度。我们必须给予印度的不是"自由"，我之前说过，"自由"是不可能的。我们给予印度的是联盟，是伙伴关系，一句话，是平等。但我们也必须告诉印度人，如果他们愿意，他们可以自由地分离。没有这些，就没有平等的伙伴关系，我们声称的要捍卫有色人种抵抗法西斯主义的入侵，就是不可信的。但是，如果认为印度人要是获得脱离大英帝国的自由，他们会立即这么做，那就错了。当英国政府给他们无条件独立的机会时，他们会拒绝。因为一旦他们有权脱离，使他们脱离的主要原因已经消失了。

　　两国完全分离对印度和英国都是灾难。有头脑的印度人都明白这一点。就目前的情况来看，印度不仅无法保护自己，甚至连喂饱自己的能力都没有。国家的整个管理体系依赖于专家（工程师、林务官员、铁路工人、士兵、医生），这些专家多数是英国人，在五年或十年内不可能被取代。此外，英语是主要的通用语，几乎所有的印度知识分子都严重英国化了。任何外国统治权的易手——因为如果英国人一旦离开印度，日本和其他列强就会立刻涌入——将意味着巨大的混乱。无论是日本人、苏联人、德国人，还是意大利人，都无法像英国人那样有效地管理印度。他们没有必不可少的技术人才储备，也缺乏对当地语言和情况的了解，甚至无法赢得像欧亚人这样不可或缺的中间人的信任。如果印度被简单地"解放"了，也就是说，不再受英国的军事保护，第一个结果就是被新的外国势力征服，第二个结果将会爆发一系列大饥荒，在几年内有数百万人会被饿死。

印度需要的是在不受英国干涉的情况下制定自己宪法的权力，但需要与英国保持某种伙伴关系，以获得军事保护和技术支持。除非英国出现一个社会主义政府，否则这根本就是天方夜谭。因为至少八十年来，英国一直在人为阻碍印度的发展，部分原因是担心，如果印度工业过于发达，就会与英国发生贸易竞争，部分原因是落后民族比文明民族更容易管理。相比英国人的压榨，普通印度人遭受自己同胞的压榨更深。印度小资本家以最残酷无情的手段剥削城镇工人，农民从生到死都逃不出放债人的魔掌。但所有这一切都是英国统治的间接结果，体现了英国有意无意地使印度尽可能保持落后的统治目的。对英国最忠诚的阶级是王公贵族、地主和商业团体，总而言之，就是那些在现状中混得很好的反动阶级。一旦英国不再以剥削者的身份对待印度，力量的平衡就会改变。到那时，英国人就没有必要抬举可笑的、骑着挂满金饰的大象和率领着纸糊一样的军队的印度王子，不需要再阻碍印度工会的发展，挑起穆斯林和印度教的矛盾，保护放贷者毫无价值可言的生命，接受诌媚的小官僚的阿谀奉承，偏袒半开化的廓尔喀人欺负那些受过教育的孟加拉人。一旦检查一下从印度苦力身上源源流向切尔滕纳姆（Cheltenham）① 的老妇们的银行账户的红利股息，整个白人老爷—土著人民的关系，一边表现出傲慢与无知，一边表现出嫉妒与奴性，都可以结束了。英国人和印度人可以并肩工作，促进印度的发展，培养印度人学会各种工艺，到目前为止，他们一直受着系统性的限制，没有办法学到。在印度的现有英国人员中，无论经商还是从政，有多少人会接受这样的安排——这意味着他们将失去"白人老爷"的地位——则是另一个问题。但是，总的来说，更多的希望来自年轻人和那些受过科学教育的官员（土木工程师、林业和农业专家、医生、教育家）。而那些高级官员、行省总督、行政署长、法官等都是无可救药的，但他们也是最容易被取代的。

这大概就是社会主义政府给予印度自治领地位的含义。这是一个在平等条件下建立合作伙伴关系的提议，直到世界不再生活在轰炸机的阴影下。但我们必须加上印度有无条件脱离联邦的权利这一条。这是证明我们诚意的唯一方法。适用于印度的原则，稍作修改就可适用于缅甸、马来亚和我们在非洲的大部分殖民地。

第五点和第六点都不言自明。唯有如此，我们才能向世界表明，我们打这场战争的目的是为了保护和平的民族抵御法西斯的

---

① 切尔滕纳姆是英格兰的一个小镇，18 世纪时是重要的温泉疗养地。英国最著名的女子公学切尔滕纳姆女子学院也建在此地。

侵略。

这样的政策在英国会得到响应，是不是一种不大可能实现的奢望？一年前，甚至六个月前，或许都不可能，但现在却有可能了。此外，现在正值一个难得的机会，可以借此进行必要的宣传。现在每周都有相当多的媒体，发行量高达数百万份，为普及这样的政策宣传做好了准备——即使不完全是我上面所勾勒的全部计划，至少也是类似的这类政策。甚至有三四家日报已经在翘首以待，这是过去六个月来我们取得的进步。

这样的政策可行吗？那完全取决于我们自身。

我所提的建议有的可以立即执行，有的得花上几年甚至几十年的时间，即使到了那时也不能完全实现。没有哪个政治计划可以完整得以实施。但重要的是，我们应该宣布这样的政策。方向最重要。当然，我们不能指望现任政府作出任何承诺，把这场战争变成一场革命战争。充其量它只是一个妥协的政府，丘吉尔像骑着两匹马的马戏团杂技演员。在限制收入这样的措施变得可行之前，必须要从旧统治阶级手里接管所有的权力。如果在这个冬天，战争再次进入僵持阶段，我认为我们应该呼吁举行大选，而这一定会遭到保守党机器的疯狂阻止。但即使没有选举，我们也能得到我们想要的政府，只要我们真的迫切需要。真正由下至上的推动就能完成这一任务。至于到时候谁会进入政府，我无法猜测。我只知道，当人民真正需要的时候，合适的人会出现，因为只有时势造英雄，而不是英雄造时势。

一年内，甚至六个月内，如果我们仍然没有被征服，我们将目睹前所未有的事情的发生——英国特色的社会主义运动。迄今为止，英国只有工党，它是工人阶级的产物，但该党没有进行任何根本性改变的目标。英国也出现过马克思主义，但这个经过苏联诠释的德国理论并未被成功移植到英国。英国人的内心还没有真正被什么东西触动过。纵观英国社会主义运动的整个历史，它从来没有创作过一首朗朗上口的歌曲，比如说，像《马赛曲》或《库克拉恰》（*La Cucaracha*）[①] 这样的歌曲。在那些较为温和的左翼知识分子中已经形成了一种习惯，他们宣称：如果我们与纳粹作战，我们就会把自己"变成纳粹"。他们还不如说：要是我们和黑人作战，我们也会变黑呢。要想成为纳粹，我们须得有与德国一样的历史才行。国家不能仅靠一场革命就逃出了自己的过去。一个英国的社会主义政府将从上到下改造这个国家，但是它仍然带着自身文明的明显烙印，也就是我在本书前面讨论过的那个特殊的文明。

　　这种改造不会死守教条，甚至会有违逻辑。它会罢黜上院，但很可能会保留君主制。处处散发着时代违和感，问题依然成堆，法官还戴着可笑的马毛假发，士兵帽徽上依然刻着狮子与独角兽。它不会建立任何明确的阶级专政。它将把自己团结在老工党周围，它的大批追随者将来自工会，但它将吸引大多数中产阶级和许多出身资产阶级的年轻人。它的大部分首脑人物将来自新的不确定的阶级：熟练工人、技术专家、飞行员、科学家、建筑师和记者，他们都是在广播和钢筋混凝土时代如鱼得水的人。但它永远不会与喜好妥协的传统和信奉法律高于政府的信念相脱节。它会枪决叛徒，但会事先进行庄严的审判，时不时被审者会被宣告无罪。它会迅速而无情地镇压任何公开的反抗，但对言论和出版不会进行过多干预。不同名称的政党依然存在，革命派仍然会出版他们的报纸，但一如既往地不会对社会产生多少影响。

---

　　① 　《库克拉恰》是墨西哥革命时期的经典民歌。

1945 年，德国轰炸英国伦敦后，一个小男孩坐在他家的废墟上。摄影：托尼·弗里塞尔（Toni Frissell）

1941 年 4 月 10 日，考文垂的孩子们在夜袭后学校的废墟中寻找他们的书。

它会摧毁教会，但不会迫害宗教。它依旧保持着对基督教道德准则的模糊尊崇，并且不时地将英国称为"基督教国家"。天主教会将反对它，但是不信奉国教者和大多数圣公会教徒会接受它。它所表现出的吸纳过去的力量将令外国观察家震惊，有时还会让他们怀疑革命到底是否发生过。

尽管如此，它一定会完成最基本的任务。它将把工业国有化，缩小收入差距，建立一个无阶级之分的教育体系。它的真正本质将从世界上幸存的富人对它的仇视中显露出来。它的目的不是使大英帝国分崩离析，而是把它变成一个社会主义国家的联盟，与其说是摆脱英国的统治，不如说是从放债人、食利者和榆木脑袋的英国官员那里解放出来。它的战争策略将完全不同于那些奉行私有财产制度的国家，因为它不会担忧革命摧毁现有政权后出现的后遗症。它会毫无顾忌地进攻持有敌意的中立国，或号召敌国的殖民地人民举行起义。它将以这样一种方式战斗，即使它被击败，这种战斗方式的记忆仍在威胁着胜利者，就像法国大革命的记忆对梅特涅的欧洲（Metternich's Europe）①构成了威胁一样。独裁者会对它充满畏惧，但他们不会害怕现有的英国政权，即使现有英国政权的军事力量是社会主义英国政权的十倍。

但此时此刻，英国浑浑噩噩的生活几乎没有改变，即使是在轰炸之下，令人反感的贫富差距依然存在，为什么我敢说所有这些事情"将会"发生？

因为时机已经成熟，人们可以用"非此即彼"的方式来预测

---

① 克莱门斯·文策尔·冯·梅特涅（Klemens Wenzel von Metternich，1773—1859），19世纪奥地利著名外交家，曾任奥地利首相，19世纪欧洲均势的缔造者。他反对一切民族主义、自由主义和革命运动，在欧洲形成以"正统主义"和"大国均势"为核心的梅特涅体系（维也纳体系）。

未来。要么我们把这场战争变成一场革命战争（我不是说我们的政策会完全按照我上面所说的那样——只是大体上遵照那个总的路线），要么我们输掉这场战争，并付出惨痛的代价。很快我们就可以肯定地说，我们踏上了哪条道路。但无论如何，以我们目前的社会结构，我们注定赢不了。我们真正的力量，不管是物质的、道德的还是智力的，都无法被动员起来。

## 三

爱国主义与保守主义无关。它实际上是保守主义的对应面，因为它是对某种不断变化但又给人感觉神秘地保持不变的事物的热爱。它是连接未来和过去的桥梁。没有哪一个真正的革命者会是国际主义者。

在过去的二十年里，一种消极和无所事事的观点在英国左翼人士中颇为流行，爱国主义和献身勇气被百般嘲讽，英国人的士气逐渐被削弱，享乐主义和与我何干的生活态度逐渐传播开来。这种做派除了损害国家别无其他。即使我们生活在这些人想象的松散的国际联盟的体系中，这也是有害的。在一个充斥着独裁者和轰炸机的时代，这是一场灾难。不管我们多么不喜欢，要生存就必须变得强硬。置身于像奴隶一样工作，像兔子一样繁殖，且把战争作为国家主要工业的诸民族中，一个习惯于贪图享乐的民族是无法生存的。几乎所有肤色的英国社会主义者都想要抗击法西斯主义，但与此同时，他们又希望自己的同胞不好战。他们失败了，因为在英国，传统的忠诚比新的忠诚更强烈。但是，尽管左翼媒体充满了"反法西斯"的豪言壮语，但如果普通的英国人都是《新政治家》《每日工人报》(*Daily Worker*)①，乃至《新闻纪事报》希望塑造的那副样子，当真正的反法西斯斗争来临时，我们有多少赢的机会？

直到 1935 年，所有的英国左翼人士都多多少少倾向和平主义。1935 年以后，他们更是大声叫嚣着要急切地投入到"人民阵线"运动（Popular Front Movement）② 中，这只不过是对法西斯主义带来的整个问题的逃避。它开始以一种完全消极的方式"反法西斯主义"——"反对"法西斯主义，而不是"支持"任何已有的政策——在它的背后隐藏着那个让人泄气的想法，那就是当时机成熟时，苏联人会为我们作战。令人惊讶的是，这种幻觉竟然没有消失。每周都有大量的信件发给媒体，指出如果我们的政府能将保守党排除在外，苏联人肯定会站到我们这边。或者我们要公布高调的战争目标［参阅如《我们的奋斗》(*Unser Kampf*) 和《亿万盟军——假如我们愿意》(*A Hundred Million Allies—If We Choose*) 等书］，这样欧洲人民将义无反顾地代表我们而奋起反抗法西斯。其想法都是一样的——到国外去寻找灵感，让别人去帮你打仗。在这背后隐藏着英国知识分子可怕的自卑情结，他们认为英国人不再是一个尚武的民族，意志不再坚忍不拔了。

事实上，没有理由认为，现在还有人会为我们作战，哪怕只

---

① 《每日工人报》是英国共产党中央委员会机关报，创刊于 1930 年。1966 年改名为《晨星报》(*Morning Star*)。

② "人民阵线"运动是工人阶级和中产阶级政党为保卫民主形式而联合起来抵抗法西斯攻击的联盟。在 20 世纪 30 年代中期，欧洲共产党人对法西斯主义的得势而感到忧虑，加上苏联政策的转变，导致共产主义政党加入了社会党、自由党和温和派政党组成的反法西斯的人民阵线。在法国和西班牙组建了人民阵线政府。

是一段时间，除了中国人，他们已经坚持抗战三年了。[①] 在遭受到直接进攻的情况下，苏联人或许会被迫与我们一同作战，但他们已经清楚表明，只要有可能，他们就会避免与德军为敌。不管怎样，他们不太可能被英国出现左翼政府的奇观所吸引。几乎可以肯定的是，当前的苏联政权对西方的任何革命都怀有敌意。当希特勒地位不稳时，被统治的欧洲民族会起义，但在此之前他们是不会起来反抗的。我们潜在的盟友不是欧洲人，而是美国人，但即使其大企业能乖乖听命，他们也需要一年的时间来调动资源；另外还有有色人种，但除非我们开始了自身的革命，否则他们甚至在感情上都不会支持我们。很长一段时间，一年、两年，可能三年，英国不得不作为世界的缓冲器。我们必须面对轰炸、饥饿、过劳、流感、苦闷，还有背信弃义的和平提议。显然现在是鼓舞士气的时候，而不是削弱士气的时候。与其采取左派常见的机械的反英帝国的态度，还不如考虑一下，如果英语文化消亡，世界会变成什么样子。因为如果认为其他说英语的国家，甚至美国，都不会因为英国被征服而受到影响，那就太幼稚了。

　　哈利法克斯勋爵及其党羽认为，战争结束后，一切都会恢复原样。回到疯狂的凡尔赛秩序，回到"民主体制"，也就是资本主义制度，回到领救济金的长队和劳斯莱斯轿车并存的时代，灰色的高礼帽和海绵袋裤（sponge-bag trousers）[②] 并行不悖的时代，亘古不变，直到永恒。很明显，这种事不会发生。在谈判达成和平的情况下，类似的景象可能会出现，但只会持续短暂的时间。

---

　　① 　本文写于希腊战役爆发前。——原文注
　　② 　海绵袋裤指的是与晨礼服搭配的条纹裤子。这种独特的条纹与海绵袋相似，海绵袋实际上是一种盥洗用品袋。

自由放任的资本主义已经死了。① 选择只能在希特勒将要建立的集体社会和在他被击败后可能出现的另一种集体社会之间作出。

如果希特勒赢得这场战争，他将巩固他对欧洲、非洲和中东的统治，如果他的军队还有余力的话，他将从苏联手中夺走大片领土。他将建立一个贵贱有别的种姓社会，在这个社会中，天生优越的日耳曼民族（"优等种族"或"高贵种族"）将统治斯拉夫人和其他低等民族，后者的工作将是生产廉价的农产品。他会让有色人种永远沦为地地道道的奴隶。法西斯势力与英帝国主义之间的真正争论，在于他们知道英帝国主义正在瓦解。按照当前的发展势头，再过二十年，印度将成为一个农民共和国，出于自愿与英国结盟。希特勒极其厌恶地谈论的"半猿人"将会驾驶飞机和制造机关枪。奴隶帝国的法西斯梦想终将破灭。另外，如果我们被打败了，我们只是把我们的受害者交给新的主人，他们刚来到这个岗位，没有任何顾忌。

但是，比起有色人种的命运，更重要的是两种不相容的生活信念正在互相斗争。"民主与极权，"墨索里尼说，"非此即彼。"这两种信仰甚至不能并存，哪怕只是短暂的时间。只要民主存在，即使是不完美的英式民主，极权主义也会面临致命的危险。虽说我们或者美国人总是言出必行只是一个谎言，但是人类平等的理念始终在整个英语世界盘旋萦绕。只要这个理念存在，有朝一日就能够成为现实。只要这个理念不消亡，一个自由平等的人类社会终将从英语文化中诞生。但希特勒来到这个世界的目的，

---

① 有趣的是，请注意美国驻伦敦大使肯尼迪先生在 1940 年 10 月回纽约时曾说道，这场战争所产生的一个结果就是"民主结束了"。当然，他所说的"民主"指的是私人所有制的资本主义。——原文注

就是要摧毁这种人类平等的理念——犹太人或犹太基督教徒的平等信念。天知道这番话他说了多少次了。在这个世界上，黑人和白人一样好，犹太人被当成人一样被对待，这种想法给他带来的恐惧和绝望，就像无尽被奴役的思想带给我们的恐慎和绝望一样。

记住这两种观点是不可调和的，这很重要。在接下来的一年里，左翼知识分子中很有可能会有亲希特勒的反应。现在已经有了此种情形的先兆。希特勒的成就对这些空虚者很有吸引力，也很对有和平主义倾向者的受虐胃口。我们或多或少提前知道他们会说些什么。他们首先会拒绝承认，英国的资本主义正在演变成某种不同的东西，或拒绝承认，希特勒的失败不仅仅意味着英国和美国的百万富翁的胜利。由此，他们会继续争辩说，毕竟，民主和极权"其实都一样"或"好不到哪里去"而已。英国并不存在多少言论自由，并不比德国更多。待在盖世太保刑讯室的经历并不比领取失业救济金的骇人听闻更糟。总而言之，两个黑人就是一个白人，半个面包和没有面包一样。

但在现实中，不管民主和极权的情况如何，二者都不是一回事。即使英国的民主演变发展不能超越现阶段，二者都不可能是一回事。军事化大陆国家的整个概念与松散的海洋民主概念是完全不同的，前者靠秘密警察、文字审查和强制劳役，后者与贫民窟和失业、罢工和党派政治相伴。这实为陆权和海权之别，残忍和低效之别，谎言和自欺欺人之别，秘密警察和收租人之别。在二者之间作出选择，与其说是因为它们现在具备的实力，不如说是因为它们将来能有何作为。但是在某种意义上，无论是在最高程度上还是在最低程度上，民主制度是否比极权体制好，这个问题是无关紧要的。要在这个问题上作出判断，你必须运用绝对的标准。唯一重要的问题是，当最危急的时刻来临时，你的同情心将安放于何处。那些热衷于在民主与极权之间寻求平衡，"证明"其中一个和另一个一样糟糕的知识分子，只不过是些轻浮的人，从来没有直面现实。就像一两年前一样，他们对法西斯主义始终有着浅薄的误解，尽管当时他们是在高声呼吁反法西斯，但现在他们却同法西斯调情。问题不是"你能否找出一个在辩论会上支持希特勒的'案例'"，问题是："你真的接受这个案例吗？你愿意服从希特勒的统治吗？你愿意看到英国被征服吗，愿意还是不愿意？"在轻率地站在敌人一边之前，最好弄清楚这一点，因为在战争中没有所谓的中立。在现实中你不是帮助这一方就是帮助另一方。

　　当最危急的时刻来临时，没有一个在西方传统中长大的人能够接受法西斯式生活。重要的是现在就要意识到这一点，并把握它所包含的内容。虽然说英语世界懒散、伪善，也不公正，但英语世界文明却是希特勒道路唯一的大障碍，是所有"颠扑不破"的法西斯主义教条的一个活生生的反例。这就是为什么多年来，所有法西斯主义作家都认为必须摧毁英国的力量。英国必须被"根除"，必须被"消灭"，必须"停止存在"。从战略上讲，这场战争有可能以希特勒占领欧洲，大英帝国完好无损，英国的海上力量几乎不受影响而告终。但在意识形态上这是不可能的，如果希特勒依据上述战略提出建议，那他肯定是在耍手段，目的是要间接地征服英国，或者在更有利的时机重新发动进攻。英国不可能被允许继续扮演一个漏斗的角色，通过它，致命的思想经过大西洋流入欧洲的警察国家。回到我们自己的观点，我们面临着一个至关重要的问题，那就是维护我们多少有所认识的民主制度。但是，保存就意味着发扬光大。我们面临的选择不是胜利或失败，而是革命或冷漠。如果我们为之战斗的东西被完全摧毁，那在一定程度上也由我们自身行为所致。

英国有可能开始引进社会主义，并把这场战争变成一场革命战争，但最后却失败了。这是完全可以想象得到的。虽然对于现在已经成年的人来说，这是很可怕的，但它远没有少数富人和他们雇用的骗子所希望的"妥协和平"那么致命。英国的最终毁灭，只能由听命于柏林命令的英国政府完成。但如果英国提前觉醒，那就不会发生。因为在那种情况下，失败或许是注定的，但斗争会继续，理念仍然在。在战斗中倒下与不战而降的区别，绝不是荣誉和天真的英雄主义的问题。希特勒曾经说过，接受失败将毁掉一个民族的灵魂。这听起来像是哗众取宠，但的确是真的。1870 年的战败并没有削弱法国在世界上的影响力。法兰西第三共和国在思想上比拿破仑三世的法国更有影响力。但是，贝当①、赖伐尔及其同伙所接受的那种和平，只能通过故意抹杀民族文化来换取。维希政府只享有虚假的独立，代价是法国文化的独特性——共和主义、世俗主义、尊重知识、没有种族偏见——将被抹去。如果我们提前进行了革命，我们就不可能被彻底打败。我们可能会看到德国军队在白厅前行军，但另一个对德国权力梦想的致命进程已经开始。西班牙人民被打败了，但是他们在这两年半难忘的岁月里学到的东西，总有一天会像回旋镖一样，飞回到西班牙法西斯主义者身上。

---

① 即亨利·菲利浦·贝当（Henri Philippe Pétain，1856—1951），法国陆军元帅、军事家、政治家。贝当曾在第一次世界大战期间担任法军总司令，带领法国与德国对战，尤其是取得凡尔登战役的胜利，在法国有民族英雄之誉。但第二次世界大战之初，他向入侵法国的纳粹德国投降并与之合作，出任维希政府元首，1945 年被捕，同年因叛国罪被判处死刑，后改判终身监禁。

在战争开始时，许多人在引述莎士比亚的一段豪言壮语，就连张伯伦先生也不例外，如果我没有记错的话，这段话是这样说的：

面对来自四面八方的敌人的进攻，我们无所畏惧，英国忠于自己，战无不胜。

这话没错，但你得理解对了。英国必须忠于自己。当那些寻求我们庇护的难民被关在集中营时，当公司的董事设计出种种巧记来逃避超额利润税时，英国并不是在忠于自己。是时候同《闲谈者》和《旁观者》说再见了，是时候道别劳斯莱斯车里的女士了。纳尔逊和克伦威尔的后代不在上院。他们在田野里，在街道上，在工厂里，在军队里，在廉价酒吧里，在郊外的后花园里，现在他们仍然被一代鬼魂压制着。与使真正的英国重现真容的任务相比，即使是赢得战争这个必须完成的任务也成了次要的。革命将使我们更接近真我，而不是远离。我们绝不会半途而废，不会妥协，不存在挽救"民主"的问题，不会原地踏步。没有什么是静止不动的。我们必须为遗产增砖添瓦，否则就会失去。我们必须发展壮大，否则就会走向衰败；我们必须向前，否则就会倒退。我相信英国，我相信我们会继续向前。

本文最早收录于 1937 年出版的
《通往威根码头之路》（*The Road
to Wigan Pier*）的第一部分第
七章。

1927 年，谢菲尔德市天使街上的有轨电车。

向北行进，你的双眼，已习惯了南方或东部，一开始还不会注意到有很大的不同，直至你过了伯明翰。在考文垂时，你可能以为自己置身于芬斯伯里公园（Finsbury Park），也看不出伯明翰的斗牛场和诺维奇市场（Norwich Market）有什么不同；在中部，城镇之间的别墅和南方也没什么区别。只有当你再往北走一点，到达制造陶器的那些城镇以及更远的地方，你才会撞见工业主义的真正丑陋——那种可怕的、非常显眼的丑陋，你想不注意到它都难。

　　一堆一堆的矿渣至多就是丑陋罢了，毫无用处，被四处乱放。它就像是被随意丢弃在地球上的东西，像从巨人的垃圾桶倒出来的废品。来到充斥着骇人景观的采矿城镇郊区，你满眼所见是参差不齐的灰色山脉，脚下是泥土和灰烬，头顶是钢缆，缓慢地将一桶桶废土运到几公里外。矿渣经常着火，到了晚上，你可以看到火光组成的红色小溪蜿蜒流动，还会看到缓缓移动的蓝色的硫黄火焰，眼看着似乎快要熄灭了，但突然火苗又会冒出来。即使矿渣堆下沉，那地方依然高低不平，也只有一种难看的褐色草生长在上面。在威根的贫民窟，一处矿渣堆被当成了操场，看起来就像波涛汹涌的大海突然被冻住的样子，当地人称之为"羊群垫"。即使在几个世纪以后，人们可以在此劳作耕田，但从飞机上看，人们仍然可以分辨出这些地方曾经堆放过矿渣。

我回忆起一个冬天的下午，在威根郊区目睹的可怕情景：仿佛是到了月球，遍地是坑坑洼洼的矿渣堆，往北走，就像是穿过矿渣山的山口，你可以看到工厂的烟囱冒出缕缕烟雾。运河小路是煤渣和冻土的混合物，无数木屐踩过的痕迹纵横交错，一直延伸到远处的矿渣堆，延伸出"闪光块"——由于古坑下陷而渗入洞穴的死水池。天气很冷。"闪光块"上覆盖着棕土色的冰块，船夫披着麻袋，一直盖到眼睛。闸门上挂着一根根冰条。这里似乎寸草不生，除了烟、页岩、冰、泥、灰烬和污水，再无其他。但即使如此，威根也比谢菲尔德漂亮。谢菲尔德，我想，堪称欧洲（the Old World）最丑陋的城镇：那里的居民样样事情都争强好胜，大概会抢着要这个头衔。它有五十万人口，但像样的建筑却比英格兰东部（East Anglian）只有五百人的普通村庄还要少。还有恶臭！如果你偶尔闻不到硫黄味，那是因为你开始闻到煤气的味道了。即使是穿过小镇的那条浅浅的河流，通常也会因为某种化学物质而呈现出明黄色。有一次我在街上停下来，数了数我能看见的工厂烟囱，有三十三个，但是如果不是烟雾遮住看不到更远的话，还会有更多。有一个场景在我脑海中挥之不去。一块可怕恶心的荒地（不知怎么的，这块荒地变得如此肮脏，即使在伦敦也不可能有这样的地方），上面已被践踏得寸草不生，报纸和平底锅随处可见。右边是一排孤零零的四居室房屋，暗红色，被烟熏黑了。左边是永无休止的工厂烟囱，一根接一根，渐渐消失在昏暗的黑色烟雾中。在我身后，是用熔炉的炉渣铺成的铁路路堤。在前面，穿过那片荒地，有一座用红黄砖砌成的立方体建筑，上面写着"托马斯·格罗科克，拖运承包商（Thomas Grocock，Haulage Contractor）"。

到了晚上，当你看不到房屋的丑陋形状和所有黑漆漆的东西时，像谢菲尔德这样的小镇会呈现出某种险恶的壮丽。有时候，烟雾会被硫黄染成玫瑰色，锯齿状的火焰，从铸造厂的烟囱顶部挤出来，像是一把把环锯。透过敞开的铸造厂的大门，你可以看到被火光映射的小伙子们，拖着炽热的铁条来来回回，你听到蒸汽锤的嗖嗖声和砰砰声，还有铁锤在打击下的刺耳声。陶器镇和这里一样丑陋，只是规模小一些。在可以说是街道一部分的一排排被熏黑的小房子中间，是"罐状烟囱"——锥形砖烟囱，像巨大的勃艮第酒瓶埋在土里，几乎要把浓烟喷到你的脸上。你会发现巨大的黏土坑，有百米宽，可能也有百米深，一侧的铁链上爬着生锈的小桶，另一侧的工人像采摘海蓬子的人一样紧紧抓住，他们在用镐头凿着悬崖面。我在下雪天经过那里，连雪都是黑的。就陶器镇来说，最好的事情是它们规模都不大，没有连绵成片。不出十六公里，你就可以来到未被污染的乡村，站在几乎光秃秃的山上，看到远处只是一摊污迹的陶器镇。

当你思考这种丑陋的事情时，有两个问题会出现在你脑海里。首先，这种情况无法避免吗？其次，这种情况要紧吗？

我不认为工业主义有着与生俱来且不可避免的丑陋。工厂甚至煤气厂本身并不一定是丑陋的，就像宫殿、狗窝或大教堂一样。这完全取决于当时的建筑传统。北方的工业城镇很丑陋，因为建造时，钢铁建筑和除烟方法还不先进，且那时每个人都忙于赚钱而无暇他顾。这些城镇一直这么丑陋，主要是因为北方人已经对此习以为常，见怪不怪了。如果谢菲尔德或曼彻斯特的人，去闻闻康沃尔郡山区（the Cornish cliffs）的空气，多数人可能会说那里的空气没有怪味。但是，自从第一次世界大战以来，工业趋向于向南方转移，北方城镇的外观才逐渐干净整洁起来。第一次世界大战后建立的典型工厂不再是简陋的厂房，到处黑乎乎的，还有喷着浓烟的烟囱，而是一个由混凝土、玻璃和钢铁组成的闪闪发光的白色建筑，周围是绿色的草坪和郁金香花圃。如果你离开伦敦，沿英国大西部铁路线（G. W. R.）一直走，沿路看到的工厂或许称不上美观，但肯定不像谢菲尔德的煤气厂那样丑陋。但无论如何，工业主义的丑陋显而易见，也是刚到英国的每个人都会为此感叹并批评的，但我认为这无关紧要。工业主义就是这样，或许它甚至不应该学着把自己伪装成别的东西。正如奥尔德斯·赫胥黎[①]先生所说，黑暗的撒旦磨坊应该看起来就像黑暗的撒旦磨坊，而不应该伪装成神秘而辉煌的上帝的殿堂。此外，即使是在最糟糕的工业城镇，人们也能看到许多从狭隘的审美意义上说并不丑陋的东西。浓烟滚滚的烟囱或臭气熏天的贫民窟令人厌恶，主要是因为它暗示着扭曲的生活和生病的孩童。从一个纯粹的美学角度来看，它可能有某种惊悚的魅力。我发现任何异乎寻常的事情，即使一开始我厌恶它，也会以吸引我而告终。缅甸的景观，当我身处其中的时候，它们让我震惊，以至于像做了场噩梦，后来它们在我的脑海里萦绕不去，我不得不将其写成一本小说，希望借此解脱（在所有关于东方的小说中，风景

---

①　奥尔德斯·赫胥黎（Aldous Huxley，1894—1963），英国作家，著名生物学家托马斯·赫胥黎（Thomas Huxley）之孙。先后毕业于伊顿公学和牛津大学。他前半生的创作都以社会讽刺小说为主，中年后的创作开始反映科技的发展抹灭人性的现象。先后创作了五十多部小说、诗歌、哲学著作和游记，其中最著名的是反乌托邦经典之作《美丽新世界》。

才是真正的主题）。或许，就像阿诺德·本涅特[①]那样，从暗黑的工业城镇中提炼出一种美，并不是一件难事。再比如，你可以很容易地想象波德莱尔[②]，写一首关于矿渣堆的诗。但是，工业主义的外观美不美并不重要。其真正的邪恶深藏不露且无法消除。记住这一点很重要，因为人们总是倾向于认为，只要工业化是清洁有序的，它就不再构成危害。

　　但是，当你来到工业化的北方，撇开陌生的风景不说，你会感觉仿佛来到了一个陌生的国度。这部分是因为确实存在着某些差异，但更多的是因为长久以来我们一直被灌输了这种对立观念。在英国存在着对北方的一种奇怪崇拜：北方人的某种自命不凡。住在南方的约克郡人总是会刻意让你知道，他视你为下等人。如果你问他原因，他会解释说，只有北方的生活才是"真正的"生活，在北方所做的实业工作才是"真正的"工作，住在北方的人才是"真正的"人，而南方人都是食利者及其寄生虫。北方人有"种"，坚强又严肃，勇敢又热情，讲民主；南方人势利，娘娘腔，懒惰，等等。因此，南方人到北方，至少第一次去时，总是像一个文明人带着模糊的自卑情结在野蛮人中冒险；约克郡人，像苏格兰人一样，则是带着野蛮人外出劫掠的精神来到伦敦。这种观感是传统影响的结果，与事实无关。就像一个约 162 厘米高、胸围 73 厘米的英国男人觉得自己的体格比意大利人更

---

　　① 阿诺德·本涅特（Arnold Bennett，1867—1931），英国小说家、剧作家、评论家和散文家，他的主要作品构成了英国小说与欧洲主流现实主义之间的重要纽带。

　　② 即夏尔·皮埃尔·波德莱尔（Charles Pierre Baudelaire，1821—1867），法国 19 世纪最著名的现代派诗人、象征派诗歌先驱，代表作有《恶之花》。

强一样，北方人对南方人也有这种心理优势。我记得一个瘦弱矮小的约克郡人，哪怕一只猎狐犬朝他吠叫一声，他都会被吓得跑掉，他告诉我在南方，他感觉自己就像个"野蛮的侵略者"。但是，这种观念通常会被并非出生于北方的人所接受。我的一个朋友，在南方长大，现在住在北方，一两年前，开车送我去萨福克郡。我们经过一个相当美丽的村庄。他不以为然地瞥了一眼农舍，说：

> 当然，约克郡的大多数村庄都不漂亮，但约克郡人都是很棒的家伙。而这里刚好相反——村子很漂亮，人却不咋地。那些小屋里的人一无是处，完全是废物。

我忍不住问他是否碰巧认识那个村子里的人。不，他不认识他们，就因为那里是英格兰东部，那他们就一定一无是处。我的另一个朋友，也是南方出生的，一有机会就夸赞北方，贬低南方。下面摘取的是他给我的一封信的片段：

> 我在兰开夏郡的克利瑟罗（Clitheroe）……我认为这里荒原和山区的流水比南方迟缓凝滞的流水更迷人。就像莎士比亚描写的，"波光粼粼、凝滞的特伦特河（Trent）"。我要说，越向南，河水越凝滞。

这是关于北方崇拜的一个有趣例子。不仅你和我，还有英国南部的所有人，都被认为是"肥胖且迟钝"的无用之人，而且当水到了一定纬度以北的地方，也不再是一氧化二氢，而成了某种

1930 年 12 月 5 日，伦敦克利夫兰街远景。

神秘高贵的东西。但是，这段文字的有趣在于，作者是一个极其聪明的人，有着"先进"的见解，对以普通形式呈现的民族主义充满蔑视。如有人对他说"一个英国人抵得上三个外国人"，他会极其厌恶地加以批驳。但当这是一个南北比较的问题时，他就会以偏概全。所有的民族主义差别——只是因为你有一个不同形状的头骨，或者说一种不同的方言，所以你声称自己比别人强——都是不实之词，但只要你信，这些差异就很重要。毫无疑问，那个英国人天生就相信住在他南边的人都不如他，甚至我们的外交政策在某种程度上也是受这种信念支配的。因此，我认为有必要指出它是何时以及缘何产生的。

当民族主义最初成为一种宗教时，英国人看着地图，注意到自己身处的岛屿位于高纬度的北方，于是发展出一种令人愉快的理论，即越往北生活，你就会变得越优秀。我小的时候，历史知识是以最幼稚的方式传授的：寒冷的气候使人精力充沛，而炎热的气候使人懒惰，这就是英国打败西班牙无敌舰队的原因。这种关于英国人（实际上是欧洲最懒的人）精力过人的胡言乱语已经流行了至少一百年。在 1827 年的一期《评论季刊》（*Quarterly Review*）上，有评论员写道："我们宁愿为了国家的利益而劳作，也不愿在橄榄油、葡萄酒和恶习中享受生活。""橄榄油、葡萄酒和恶习"概括了英国人对拉丁裔的一般态度。在卡莱尔①、克里西②等

---

①　即托马斯·卡莱尔（Thomas Carlyle，1795—1881），苏格兰讽刺作家和历史学家。主要作品有《法国革命》《论英雄、英雄崇拜和历史上的英雄业绩》《过去与现在》。

②　即约翰·克里西（John Creasey，1908—1973），英国推理侦探小说家，擅长悬疑小说、犯罪小说和科幻小说的写作。据说，他用 28 个不同的笔名写了 600 多部小说。

人的神话中，北方人（先是条顿人，后是斯堪的纳维亚人）被描绘成身材伟岸、精力充沛、留着金黄胡须、道德高尚之人，而南方人都是狡猾、懦弱且放荡之徒。幸好，这个理论没有继续深化，否则世界上最优秀的人应该是因纽特人。但该理论确实承认，比我们住得更北的人要更优秀一点。因此，在一定程度上，对苏格兰和苏格兰事物的崇拜，在过去的五十年中深深地影响了英国人的生活。但正是北方的工业化，使南北对立出现了奇怪的倾向。直到不久以前，英国北部还是落后的封建地区，工业主要集中在伦敦和东南部。以英国内战①为例，大致说来，这场战争实际是一场金钱与封建主义的战争，北部和西部拥护国王，南部和东部支持议会。但越来越多的煤炭工业转移到北方，北方出现了一种新型的人，即白手起家的北方商人——狄更斯（Dickens）笔下的朗斯韦尔先生（Mr. Rouncewell）和庞得贝先生（Mr. Bounderby）②。北方商人，奉行"要么发达，要么滚蛋"的哲学，成为 19 世纪的主导者，即使已死去，阴魂依在。这是阿诺德·本涅特所推崇的那种人——以半个克朗起家，能挣到五万英镑。这种人最自豪的事就是致富之后比以前更加粗鄙。人们对他们进行分析后会发现，他们唯一的优点就是赚钱的本领。我们不得不对他们表示敬佩，尽管他们可能心胸狭窄、手段龌龊、知识浅薄、贪心又粗鄙，但他们有"种"，能"发达"。换句话说，他们知道如何赚钱。

　　这种话现在已经完全不合时宜了，因为北方商人已经风光不

---

　　①　英国内战是指 1642—1651 年英国议会派与保皇派之间的一系列武装冲突与政治斗争。战争的原因与政治和宗教两者均有关。

　　②　朗斯韦尔先生和庞得贝先生是狄更斯作品《荒凉山庄》（*Bleak House*）中的人物。

再，但传统并不会因现实的改变而消失，北方人"有种"的观念依然保留在人们头脑中。人们依然隐隐约约地觉得，北方人会"发达"，即能赚钱，而一个南方人则不行。在每个来伦敦的约克郡人和苏格兰人的脑海里，总会把自己想象成迪克·惠廷顿①，一个自称从卖报纸开始，最后成为伦敦市市长的男孩。这就是他们傲慢自大的根源。但是，如果你以为真正的工人阶级也是这么傲慢自大的话，那你就错了。几年前我第一次去约克郡的时候，以为自己来到的会是个蛮夷之地。我习惯了伦敦约克郡人滔滔不绝的长篇大论，以及他们对自己方言的所谓活泼的沾沾自喜［"小洞不补，大洞吃苦"，就像我们在约克郡西区（West Riding）说的那样］，我以为会碰到很多粗鲁的人。但我在矿工中没有遇到这类人。事实上，兰开夏郡和约克郡的矿工们对待我的友善和礼貌，甚至令我感到尴尬；因为如果说有一种人让我觉得自己低人一等，那就是矿工了。当然，没有人因为我来自这个国家的另一个地方，而表现出鄙视我的迹象。当你想起英国的地域歧视是民族主义的缩影时，这就显得很重要了，因为它表明地域歧视并不是工人阶级的特征。

然而，南北之间还是有很大的差别的。在那幅英格兰南部的画面中，至少有一丝真实，那是一个庞大的布莱顿（Brighton）②，居住着一群花花公子。由于气候原因，寄生的食利阶层倾向于在南方定居。在兰开夏郡的棉花镇，你可能连续几个月都听不到

---

① 迪克·惠廷顿（Dick Whittington）的正名是理查德·惠廷顿（Richard Whittington，1354—1423），在伦敦经商致富，曾三次担任伦敦市市长。大多数英国人都知道一些有关他的故事：他因为把自己的猫卖给一个外国国王才发了财。关于他的故事一直是很受欢迎的童话剧题材。

② 布莱顿是英格兰南部海滨城市。18世纪时此地成为度假胜地。

"有教养"的口音，而在南方的任何一个城镇，你扔块砖头，都可能砸中某位主教的侄女。因此，由于没有所谓上流人士引领潮流，工人阶级的资产阶级化尽管在北方已出现，但进展得比较缓慢。比如，所有北方口音的特色依然鲜明，而南方口音在电影和英国广播公司的影响下已没有了特色。因此，如果你操着"有教养"的口音，你会被当成外国人，而不是什么上流绅士。这倒成了一个巨大的优势，因为这样一来，与工人阶级接触就变得容易了。

但是，有没有可能和工人阶级亲密接触呢？我以后再讨论这个问题，现在，我只想说，我认为这是不可能的。但毫无疑问，在北方比在南方更容易与工人阶级平等交往。在北方，住在一户矿工家里，并被接受为家庭成员是件很容易的事情；但在南方的各个郡里，要与一个农场工人同吃同住，或许是不可能的。我已经对工人阶级有足够的了解，不会把他们理想化，但我知道，在一户工人的家里你可以学到很多东西，如果你能住进去的话。重要的是，通过接触他们的不同理念和想法，你的中产阶级理想和偏见会被检验，他们的理念和想法不一定更好，但肯定是不同的。

比如对待家庭的不同态度。工人阶级家庭像中产阶级家庭一样有着很强的凝聚力，但这种关系远没有后者那么暴虐。工人的脖子上没有磨盘般沉重的家族名声负担。我早些时候曾指出，一个中产阶级在贫穷的打击下会彻底崩溃，而这通常与他的家人的言行有很大关系——由于他有许多亲戚夜以继日地唠叨和指责他，说他没有"发达"。工人阶级知道如何更加团结，但中产阶级不知道，这可能是因为他们对家庭忠诚有不同的理解。你不可能建立有效的中产阶级工人工会，因为在罢工期间，几乎每个中产阶级的妻子都会怂恿她的丈夫破坏罢工，去抢别人的工作。工人阶级的另一个特点，一开始会令人不安，就是他们对任何他们视为平等的人都直言不讳。如果你给一个工人一样他不想要的东西，他会告诉你他不想要；一个中产阶级则会接受这个他不喜欢的东西以避免冒犯你。再比如在对待"教育"的态度上，工人阶级与我们有非常大的不同，但是健康合理得多！劳动人民通常对他人的学识有一种模糊的敬畏，但是当"教育"触及他们自己的生活时，他们就会看穿"教育"的本质，出于健康的本能而拒绝它。我曾经常常为一些想象中的画面感到悲哀：14 岁的小伙子们被从课堂上拖走，开始从事令人沮丧的工作。在我看来，"工作"的厄运降临到任何一个 14 岁的人身上都是一件可怕的事情。当然，我现在知道，一千个工人阶级的男孩中，没有一个不在盼望能离开学校的那一天。他想做真正的工作，而不是把时间浪费在历史和地理这些可笑而无聊的垃圾上。对于工人阶级来说，待在学校里直到几乎长大成人的想法，似乎只是可耻和缺乏男子气概的表现。一个 18 岁的大男孩，原本应该每周带一英镑回家给父母，却还穿着可笑的校服去上学，甚至因为没有做作业而被鞭打！想想就觉得可笑，一个 18 岁的工人阶级男孩竟然允许自己被鞭笞！当别人还是乖乖宝的时候，他已经是个男子汉了。在塞缪尔·巴特勒（Samuel Butler）的作品《众生之路（*Way of All Flesh*）》中，主人公欧内斯特·庞蒂菲克斯（Ernest Pontifex）在对现实生活有了一些了解之后，回顾他的公学和大学教育，发现这种教育让人变得"病态、虚弱与堕落"。从工人阶级的角度来看，中产阶级生活中存在着许多看起来病态而虚弱的东西。

　　在一个工人阶级的家庭里——我不是指那些失业者的家庭，而是指相对富足的家庭——你会感受到一种温暖、体面、富有人情味的气氛，这在其他地方是不容易找到的。我觉得，一个体力劳动者，如果他有稳定的工作并且拿着不错的工资——而且工资越来越高的话——通常比受过"良好教育"的人更容易感到快乐。他的家庭生活似乎更加自然、健康、体面。走进一户这样的工人家庭，我常常被里面独特朴素的祥和气氛（可以说是完全对称之美）所打动。尤其是在冬天的晚上，茶余饭后，炉子里的火闪烁着，从钢制挡泥板映射出火苗的舞动，身着衬衫的父亲坐在炉边的摇椅上读着赛马决赛的报道，母亲坐在另一边做针线活，吃着一便士薄荷糖的孩子们在开心地笑着，小狗懒洋洋地躺在破布垫子上打着滚——能住在这样的地方真好，但前提是，你能进去，而且能待在里面，把这种生活视为当然。

这个场景仍在许多英国家庭中出现，但比一战之前少了一些。家庭的幸福与否主要取决于一个问题——父亲是否在工作。但是请注意，我上面所提到的场景——刚吃完腌鱼和喝过浓茶的一家人围坐在煤火旁——只属于我们自己这个时代，它既不属于未来，也不属于过去。向前两百年，或进入乌托邦式的未来，场景会完全不同。我想象中的东西几乎没有一样还在那里。在那个没有体力劳动、每人都"受过教育"的年代，父亲几乎不可能还是一个手臂粗壮、喜欢穿着长袖衬衫，坐在那里说着"马上就要开战了"的粗鲁男人。壁炉里也不会有煤火，取而代之的是看不见的加热器。家具将由橡胶、玻璃和钢制成。如果还有像晚报这样的东西，那里肯定不会有赛马新闻，因为在一个贫困消失的世界里，赌博将是毫无意义的，马将从地球上消失。为了卫生起见，家里也不再养狗。如果生育控制做得好的话，那时家里也不会有很多孩子。但是回到中世纪，你会发现你所处的世界几乎同样陌生。一间没有窗户的小屋里，生着一堆柴火，但没有烟囱，浓烟直熏着你的脸，吃着发霉的面包，就着"咸鱼干"，到处是虱子，患上了坏血病，每年生个孩子，每年又有孩子死去，还有神父用地狱的故事吓唬你。

　　奇怪的是，不是现代工程的成就，不是收音机，不是电影，不是每年出版的五千部小说，也不是阿斯科特赛马会（Ascot）①上以及伊顿公学和哈罗公学年度板球比赛时的人群，而是对工人阶级家居情形的记忆——尤其是在战前我小时有时看到的那种情景，那时英国还很繁荣——提醒我，我们这个时代还不算太糟，不至于活不下去。

---

　　①　即英国皇家阿斯科特赛马会（Royal Ascot，也译作"英国皇家赛马会"），1807 年创立，至今已经有两百多年的历史，每年六月的第三周都会在阿斯科特小镇举行。这项赛事一直是世界上最豪华、最奢侈的赛马会，更是英国上流社交圈的大事，从皇室贵族到一般平民都会在这天大肆庆祝。

本文是乔治·奥威尔于 1945 年 5
月完成的一篇文章，于 1945 年 10
月发表在英国杂志《论战》
（*Dolemic*）的第 1 期上。

1897 年 6 月 22 日，在登基六十周年典礼结束后，维多利亚
女王乘坐马车返回白金汉宫。

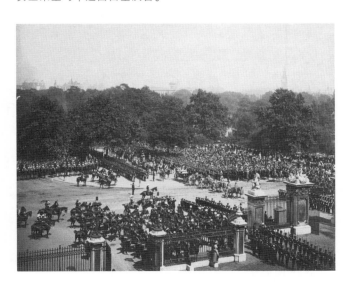

拜伦曾在某处使用了法语"longeur"（冗长、拖沓）这个词，并顺便提道，类似的事情在英国也很常见，但英语中还没有一个很贴切的词来形容。同样地，现在流行着这样一种思维习惯，它几乎影响着我们对每一个问题的思考，但是英语中还没有用专门的词语来加以描述。在现有的词汇中，我选择了一个最接近的对应词"民族主义"（nationalism），但很快人们就会发现，我用的不是这个词的通常含义，因为我所谈论的情感并不总是与所谓的民族相关联——一个种族或一个地理区域。它可以指代某个教会或阶级，也可以仅仅指对某些事情的消极抵制，不需要有任何积极意义上的忠诚对象。

我所说的"民族主义"，首先是一种思维习惯，认为人类可以像昆虫一样被分门别类，可以信心十足地给数百万乃至数千万人贴上"好"或"坏"的标签①。但是其次，也是更重要的一点，

---

① 民族，甚至更加模糊的团体，如天主教会或无产阶级总是被视为一个个个体，通常被冠以"她"的代称。在任何一家报纸上都可以找到诸如"德国人天生奸诈"这样明显荒谬的评论，几乎每个人都会说出对国民性格的武断概括（"西班牙人生来就是贵族"或"每个英国人都是伪君子"）。时不时地，人们会意识到这些概括是毫无根据的，但张口说出这些话的习惯就是改不了，而那些自称具有国际视野的人，如托尔斯泰或萧伯纳，常常为此感到内疚。——原文注

我指的是习惯于认同自己与某个国家或团体存在联系，并把这种认同凌驾于善恶之上，且除了维护这种认同的利益之外，不承认任何其他的责任。不要把民族主义和爱国主义混为一谈。这两个词的用法通常都很模糊，以至于任何定义都容易受到质疑，但我们必须对二者加以区分，因为它们涉及两种不同甚至相互抵触的概念。我所说的"爱国主义"是指对某个地方、某种特定的生活方式的热爱，人们相信这个地方或这种生活方式是世界上最好的，但不会希望强加给别人。爱国主义本质上是防御性的，无论是在军事上还是文化上。而民族主义与权力欲望密不可分。每个民族主义者的永恒目标，都是为了获得更多的权力和威望，不是为了他自己，而是为了他所选择的淹没其自身个性的国家或团体。

只要民族主义仅被用于描述德国、日本以及其他国家的那些声名狼藉、易于辨认的民族主义运动，上述定义就已足够了。面对像纳粹主义这样的现象，从外部进行观察时，我们几乎所有人都会作出同样的评价。但是，在这里我必须重复我上面说过的话，我用"民族主义"这个词，是因为找不到其他更贴切的词语。我在广义上使用民族主义，故共产主义、泛政治天主教主义、犹太复国主义、反犹太主义、托洛茨基主义与和平主义等运动和倾向都包括在内。它并不一定意味着对一个政府或国家的忠诚，更不用说对自己祖国的忠诚了，甚至它所指涉的实际上并不一定存在。有几个明显的例子可作证，犹太国、伊斯兰教世界、基督教世界、无产阶级和白种人都是强烈的民族主义情感的对象，但是它们的存在可能会受到严重的质疑，而且它们当中没有任何一个有能够被普遍接受的定义。

同样值得再次强调的是，民族主义情绪可能完全是负面的。

比如，有些托派分子已经成为苏联的敌人，但却没有发展出对其他任何组织相应的忠诚。当你理解了其中的含义，我所说的民族主义的本质就更清楚了。民族主义者是一个只考虑或主要考虑竞争影响力的人。他可能是一个积极的民族主义者，也可能是一个消极的民族主义者——也就是说，他可能使用自己的精神力量来抬高自己或诋毁他人——但无论如何，他的思想总是围绕着胜利、失败、取胜和受辱打转。他眼中的历史，尤其是当代历史，只是无休止的大国兴衰往复而已，在他看来，发生的每一件事都表明，己方正蒸蒸日上，而可恨的对手正日益没落。但最后，重要的是不要把民族主义和对成功的膜拜混为一谈。民族主义者不会遵循只与最强的一方为伍的原则。相反，选择了自己的立场后，他会说服自己，认为自己一方是最强的，即使在对己不利的压倒性事实面前，也能坚持自己的信念。民族主义是自欺欺人的权力欲望。每个民族主义者都能进行最明目张胆的欺骗行径，但他会坚定不移地相信自己站在正义一方——因为他认为自己是在为某个比自己更崇高的事物服务。

在我已经给出了这个冗长的定义后，我想，大家应该承认，我所说的这种思维习惯，在英国知识分子中很普遍，而且比在普通民众中更为普遍。对于那些对当代政治有深刻体察的人来说，某些话题已经受到声望因素的影响，以至于用一种真正理性的方法来对待这些话题几乎是不可能的。你可以找到数百个例子，我这里单举一例，你可以想想以下这个问题：在三大盟国中，苏联、英国和美国，哪一个对打败德国贡献最大？理论上，对这个问题应该有可能给出一个合理的甚至是结论性的答案。然而，实际上，进行必要的计算是不可能的，因为任何可能为这样一个问题烦恼的人，都不可避免地会从声望之争的角度来看待这个问题。

因此，他会从支持苏联、英国还是美国开始，只有在这之后，他才会开始寻找支持他观点的论据。类似的问题有一长串，你只能从一个对整个问题漠不关心的人那里得到一个诚实的答案，而这个人对这个问题的意见在任何情况下都可能毫无价值。因此，部分程度上我们这个时代的政治和军事预测都遭受了严重挫折。令人好奇的是，在所有学派的"专家"中，没有一个人能预见到像1939 年的苏德条约那种很可能会发生的事件①，当条约的消息传出后，对条约的解释大相径庭，而且预测刚一提出即刻就被证伪，几乎所有的预测都不是基于概率的研究，而是基于让苏联看起来正义或邪恶、强大或弱小的愿望。政治或军事评论员，就像占星家一样，无论犯了哪种错误都没关系，可以继续胡诌下去，因为他们那些更为热切的追随者并不指望他们评估事实，而是指望他们激发起民族主义的忠诚。② 而审美判断，尤其是文学判断，往往与政治判断一样腐化堕落。对于一个印度民族主义者来说，很难享受阅读吉卜林的乐趣，对于一个保守主义者来说，很难看

————————

①　几个有保守倾向的作家，比如彼得·德鲁克（Peter Drucker）预见到了德国和苏联会签订协议，但他们预测的是两国之间建立的真正的永久同盟或联合。不过，马克思主义者或其他左翼作家，不论何种肤色，都没有能够预见到这两国会签约。——原文注

②　大众媒体的军事评论员大多被归类为亲苏派或反苏派、英国亲保守派或反保守派（pro-blimp or anti-blimp）。比如相信马其诺防线（Maginot Line）坚不可摧，或者预测苏联将在三个月内征服德国，这些错误都没有动摇他们的声誉，因为他们总是说他们的观众想听的话。知识分子最喜欢的两位军事评论家是利德尔·哈特上尉（Captain Liddell Hart）和富勒少将（Major-General Fuller），前者说防御强过进攻，后者则认为进攻强过防御。这种矛盾并没有妨碍他们被某些人捧为权威。他们在左翼圈子里流行的秘密是，他们两人都与陆军部（War Office）意见不合。——原文注

到马雅可夫斯基①的优点，而且你总是面临着这样的诱惑：对从思想倾向上你不认同的任何一本书，你不会从文学角度把它视为一本好书。具有强烈民族主义观点的人常常无意识地耍这种不诚实的花招。

在英国，如果只考虑涉及的人数，很可能主要的民族主义形式是老式的英国沙文主义。可以肯定的是，这种现象仍然普遍存在，而且比十几年前大多数观察家所认为的更为普遍。然而，在这篇文章中，我主要关注的是知识分子的反动，在他们当中，沙文主义，甚至老式的爱国主义几乎已经死亡，尽管现在似乎正在少数人中复兴。在知识分子中，占据主导地位的民族主义形式无疑是共产主义——宽泛意义上的共产主义者不仅包括共产党员，而且包括一般的"同路人"和亲苏者。我这里所说的共产主义者，是指那些把苏联视为自己的祖国，认为自己有责任为苏联的政策辩护，不惜一切代价促进苏联利益的人。显然，这样的人在今天的英国比比皆是，他们的直接和间接影响非常大。但许多其他形式的民族主义也蓬勃发展，只有注意到不同甚至看似相反的思潮之间的相似之处，我们才能正确地看待这个问题。

十年或二十年前，与今天的共产主义最为相似的民族主义形式是泛政治天主教主义。其中最杰出的代表人物——尽管可能是

---

① 即弗拉基米尔·弗拉基米罗维奇·马雅可夫斯基（Vladimir Vladimi-rovich Mayakovsky，1893—1930），苏联诗人、剧作家。1912 年开始诗歌创作，深受未来主义派的影响。代表作有长诗《穿裤子的云》。十月革命后写了剧本《宗教滑稽剧》，是苏联第一部具有高度思想艺术水平的戏剧作品。之后有长诗《列宁》《好！》，讽刺喜剧《臭虫》《澡堂》等。他是戏剧革新家，他的戏剧理论对后来的苏联戏剧产生了持久的影响，并在世界现代戏剧史上占有重要地位。

一个极端个案，而不具有代表性——是吉尔伯特·基思·切斯特顿①。他是一位才华横溢的作家，为了罗马天主教的宣传事业，他压抑了自己的情感，并在思想上自欺。在他生命的最后大约二十年里，他所写的东西实际上是在不停地重复着同样的内容，刻意卖弄着小聪明，就像"伟大的以弗所人的阿耳忒弥斯"（Great is Diana of the Ephesians）② 一样简单而无聊，他写的每一本书、每一段对话，都不得不最大限度地证明天主教比新教或异教徒更优越。但切斯特顿并不满足于认为这种优越性仅仅是智力或精神上的：它必须被转化为国家威望和军事实力。这导致他盲目无知地将拉丁国家理想化，特别是法国。切斯特顿在法国生活的时间不长，他对法国的描绘——不停地喝着红酒、高唱着《马赛曲》的天主教农民——与现实的关系，就像《朱清周》（Chu Chin Chow）③ 与巴格达的日常生活的关系一样。随之而来的不仅是对法国军事实力的过高估计（1914—1918 年一战前后，他都坚持认为法国比德国强大），还有对实际战争过程愚蠢而庸俗的美化。切斯特顿描写战争的诗歌，比如《勒班陀》（Lepanto）或《圣巴巴拉的民谣》（The Ballad of Saint Barbara），使得《前进吧，轻

---

① 吉尔伯特·基思·切斯特顿（G. K. Chesterton，1874—1936）是 20 世纪早期伦敦文坛的主要人物之一。他与任何愿意与他辩论的人进行热烈的讨论，涉足众多领域，从新闻到戏剧，从诗歌到犯罪小说。切斯特顿写过很多诗歌、散文及多出戏剧，但其笔下最有名的角色是天主教牧师兼业余侦探布朗神父（Father Brown）。

② 阿尔忒弥斯，圣经和合本译作"亚底米"，对应于罗马神话中的狄阿娜（拉丁语：Diana，又译为"戴安娜"），是月亮与橡树女神，象征纯洁，是奥林匹斯十二主神之一。

③ 《朱清周》是英国剧作家编导的一部音乐剧，故事取材于《阿里巴巴和四十大盗》。

骑兵》(*The Charge of the Light Brigade*)① 读起来就像一本和平主义的宣传册,这些可能是我们语言中最华而不实的夸夸其谈。有趣的是,如果别人以他惯用的赞美法国和法国军队的浪漫手法来描写英国和英国军队的话,他会是第一个进行嘲笑的人。在国内政治中,他是一个英国本土主义者,一个真正憎恨沙文主义和帝国主义的人,根据他本人的观点,他是民主的真正朋友。但是,在转向国际领域时,他可以在不知不觉中放弃自己的原则。因此,他对民主美德近乎神秘的信仰并没有阻止他对墨索里尼的崇拜。墨索里尼摧毁了切斯特顿在英国为之奋斗的代议制政府和新闻自由,但墨索里尼是意大利人,让意大利变得强大,这就不是问题了。切斯特顿对意大利人或法国人实行的帝国主义和对有色人种的征服也不置一词。他对现实的把握,他的文学品味,甚至在某种程度上他的道德感,一旦将他的民族主义忠诚牵涉进来,就会混乱不堪。

显然,切斯特顿所阐述的泛政治天主教主义与共产主义有着许多相似之处。而这两者都与诸如苏格兰民族主义、犹太复国主义、反犹太主义或托洛茨基主义有相当程度的相似之处。如果说所有形式的民族主义都是一样的,甚至连他们的精神氛围都一样,未免过于简单化了,但是有些规则在所有情况下都适用。以下是民族主义思想的主要特征:

**偏执。** 除了关于他自己的权力团体的优越性以外,民族主义者不大可能思考、谈论,或者写作其他东西。要民族主义者隐藏自己的忠诚即便不是不可能,也是非常难做到的事情。对他所属

---

　① 《前进吧,轻骑兵》是英国桂冠诗人丁尼生 (Alfred Tennyson) 创作的诗歌。

的团体的最微小的诋毁，或者对其竞争对手的任何暗示性赞扬，都会使他感到不安，只有通过尖锐的反驳才能使这种不安有所缓解。如果他选中的团体恰好是一个真实存在的国家，比如爱尔兰或印度，他通常会宣称这个国家不仅在军事力量和政治品质上胜人一筹，而且在艺术、文学、体育、语言结构、人的体格方面也都很优秀，哪怕在气候、风景和烹饪方面也不例外。他会对旗帜的正确摆放、新闻标题的字体大小以及不同国家名字的先后顺序等事情非常敏感①。命名在民族主义思想中起着非常重要的作用。赢得独立或经历民族主义革命的国家通常会改名，任何民族主义情感强烈的国家或其他团体都可能有若干名字，每个名字都有不同的含义。西班牙内战的交战双方加起来多达九到十个名字，用来表达不同程度的爱与恨。有些名字（例如，"爱国者"代表佛朗哥的支持者，"效忠者"代表政府的支持者）本身都是问题，令人困惑。没有一个名字是敌对双方达成一致、共同使用的。所有的民族主义者都把传播自己的语言以压制对手的语言当作一种责任。在讲英语的人中，这种斗争以更微妙的形式再现，表现为方言之争。仇视英国的美国人如果知道某一句俚语源自英国的话，会拒绝使用这句俚语。拉丁语推行者和德语推行者之间冲突的背后往往有民族主义者的动机。苏格兰民族主义者坚持低地苏格兰人的优越性，而社会主义者的民族主义表现为对 BBC 口音的阶级仇恨，甚至经常给人一种相信交感魔法的印象——这可能来自焚烧政敌的肖像，或者将他们的肖像当箭靶的普遍习俗。

①　有的美国人对"英国人"和"美国人"两个词的合并形式"英美人"（Anglo-American）表示不满，他们认为应该改称为"美英人"（Americo-British）。——原文注

　　**不稳定性。**民族主义者强烈的激情并不能阻止民族主义忠诚感转向别处。首先，正如我已经指出的那样，民族主义忠诚感可以而且经常被指向某个外国。人们经常发现，伟大的民族领袖，或民族主义运动的创始人，甚至不属于他们所赞美的国家。有时他们是彻头彻尾的外国人，更多时候他们来自国籍可疑的周边地区。比如希特勒、拿破仑、德·瓦勒拉①、迪斯雷利②、普恩加莱③、比弗布鲁克。泛日耳曼运动部分程度上是英国人休斯顿·张伯伦④缔造的。在过去的五十年或一百年中，在文学知识分子中普遍存在民族主义的移情。拉夫卡迪奥·赫恩⑤移情的对象是日本，卡莱尔和许多其

　　① 即埃蒙·德·瓦勒拉（Eamon de Valera，1882—1975），生于纽约，爱尔兰政治家。早年参加新芬党，曾领导争取爱尔兰独立的反英斗争，长期坚持反对英国殖民统治的斗争，曾多次被捕入狱或流亡。1918 年任新芬党政府主席，1926 年建立共和党。1932 年出任爱尔兰自由邦总理。1937 年爱尔兰共和国成立后，制定新宪法，努力摆脱对英国的依附关系。在第二次世界大战中持中立立场。1951—1954 年、1957—1959 年任爱尔兰总理，1959 年起任总统，1966 年连任，1973 年隐退。
　　② 即本杰明·迪斯雷利（Benjamin Disraeli，1804—1881），第一代比肯斯菲尔德伯爵（1st Earl of Beaconsfield），犹太人，英国保守党领袖、三届内阁财政大臣，两度出任英国首相（1868 年、1874—1880 年）。在把托利党改造为保守党的过程中起了重大作用。在首相任期内，是英国殖民帝国主义的积极鼓吹者，大力推行对外侵略和殖民扩张政策。
　　③ 即雷蒙·普恩加莱（Raymond Poincare，1860—1934），法国政治家，曾三度出任法国总理，并于 1913—1920 年担任法国总统。
　　④ 即休斯顿·斯图尔特·张伯伦（Houston Stewart Chamberlain，1855—1927），德籍英裔人，剧作家、文化批评家、种族理论家、政治哲学家。
　　⑤ 即帕特里克·拉夫卡迪奥·赫恩（Patrick Lafcadio Hearn，1850—1904），出生于希腊，1896 年归化日本，改名小泉八云，记者、作家，致力于向西方读者解释日本人民的思想、文化和风俗。代表作有《怪谈》《日本与日本人》。

同时代的人移情于德国，而在我们这个时代，许多人转投给苏联。但特别有趣的是，再次移情也是可能的。一个被推崇多年的国家或团体可能突然变得令人厌恶，于是情感会被转移至另一个目标上，中间几乎没有过渡。在威尔斯①的《世界史纲》（*Outline of History*）的第一版，以及其他同时代的著作中，你会发现对美国的赞扬几乎和今天共产主义者对苏联的赞扬一样无以复加，然而在几年之内，这种不加批判的赞扬又会变成仇恨。固执的共产主义者在几周甚至几天内，就变成了同样固执的托派分子，这已司空见惯。民族主义者永恒不变的是他的精神状态：他的感情对象是可变的，也可能是虚构的。

　　但是对于一个知识分子来说，移情有一个很重要的功能，我在提到切斯特顿的时候已经说过了。移情使得他的民族主义情绪更为强烈，远远超过了他对自己的祖国或任何他真正了解的团体时所具有的那种民族主义情绪。当你看到那些相当聪明和敏感的人，写的一些人的奴颜婢膝或肉麻自夸的垃圾文章时，你就会意识到，只有发生了某种错乱这种情况才会出现。在我们这样的社会中，任何一个可被称为知识分子的人对自己的祖国怀有深切的情感是罕见的。公众舆论——也就是他作为知识分子所知道的那部分公众舆论——不会允许他这样做。他周围的大多数人都持怀疑和不满的态度，他可能出于模仿或纯粹的懦弱而采取同样的态度；在这种情况下，他将放弃近在咫尺的民族主义，但也不会进一步倾向于真正的国际主义观点。他仍然觉得需要一个祖国，自

----

　　①　即赫伯特·乔治·威尔斯（Herbert George Wells，1866—1946），英国著名作家，20世纪初英国现实主义小说三杰之一。他创作的科幻小说对该领域影响深远，被誉为"科幻小说界的莎士比亚"。

然而然地转向国外去寻找。找到之后，他就可以无拘无束地沉浸在那些他认为自己已经摆脱了的情感之中。上帝、国王、帝国、英国国旗——所有被打倒的偶像改头换面之后重新出现，因为这些偶像并不是因其本质而被认可，因此也心安理得地享受着崇拜。移情的民族主义，就像替罪羊的用途一样，是一种在不改变自己行为的情况下获得救赎的方式。

**对现实漠不关心**。所有的民族主义者都能做到对类似事实的相似性视而不见。一个英国托利党人会捍卫欧洲的自决，但反对印度的自决，而丝毫不觉得有什么矛盾的地方。人们认为行动是好是坏，不是根据行动本身的是非曲直而定，而是根据行动者来判断。任何暴行——酷刑、使用人质、强迫劳动、大规模驱逐出境、未经审判的监禁、捏造事实、暗杀、轰炸平民——这些行动如果是"我们"自己一方犯下时，其道德色彩就发生了改变。《自由派新闻纪事报》（*Liberal News Chronicle*）刊登了一些被德国人绞死的苏联人的照片，作为骇人听闻的暴行的例子，一两年后，它刊登了被苏联人绞死的德国人的类似照片，但这次却得到了热情的赞赏。[①] 对待历史事件也是如此。总是从民族主义角度来解读历史，诸如宗教裁判所（the Inquisition）、星室法庭（the

---

① 《自由派新闻纪事报》建议读者观看播放行刑过程的新闻电影，整个行刑过程还有特写镜头。《星报》以似乎赞同的态度发表了一些近乎裸体的女性通敌者被巴黎暴民折磨的照片。这些照片与纳粹拍摄的、犹太人被柏林暴民折磨的照片有明显的相似之处。——原文注

Star Chamber)① 的酷刑、英国海盗（比如弗朗西斯·德雷克爵士②，他曾被授权将西班牙战俘活活淹死）的英勇、恐怖统治、镇压兵变的英雄们将数以百计的印度人绑上炮口轰出去，或者克伦威尔的士兵用剃刀割伤爱尔兰妇女的脸等，当人们觉得他们是为了"正确的"事业而战时，他们变得道德中立，甚至有功。如果回顾过去的四分之一个世纪，你会发现几乎每一年都会从世界某个地方传来暴行的报道。然而，对发生在西班牙、苏联、中国、匈牙利、墨西哥、阿姆利则（Amritsar）③、士麦那（Smyrna）④ 的每一次暴行，整个英国知识分子界都拒绝相信，也没有加以反对。这些行为是否应该受到谴责，甚至是否发生过，总是取决于政治倾向。

　　对于自己一方犯下的暴行，民族主义者不仅不谴责，而且能做到充耳不闻。在长达六年的时间里，希特勒的英国崇拜者刻意

---

　　① 星室法庭，成立于 1487 年，由枢密院成员组成，没有陪审员。在都铎王朝和斯图亚特王朝期间，星室法庭经常审理事关国家和皇室的案件。法庭被查理一世用来惩罚拒绝服从的人，因此有了执法不公的坏名声。1641 年，该法庭被长期议会（Long Parliament）关闭。"星室法庭"有时被用来指那些判决不公的人。

　　② 弗朗西斯·德雷克爵士（Sir Francis Drake，1540—1596），英国海盗、奴隶贩子，曾于 1577—1580 年完成环球航行，后被英国王室招安，于 1588 年与西班牙无敌舰队的海战中担任副司令。

　　③ 阿姆利则是印度西北部旁遮普邦的一座城市，靠近巴基斯坦边境。

　　④ 士麦那曾是一座位于安纳托利亚半岛爱琴海滨的古希腊城市，1930 年后在该地新建了现代化城市伊兹密尔，位于今日土耳其境内。

漠视了达豪（Dachau）[①]和布痕瓦尔德（Buchenwald）[②]集中营的存在。而那些谴责德国集中营时声音最响亮的人，通常并不知道，或者只是非常模糊地知道，苏联也有集中营。造成了数百万人死亡的1933年乌克兰大饥荒这样的大事件事实上也被大多数英国亲苏者忽略。对德国和波兰犹太人在当前的战争中被灭绝之事，许多英国人几乎一无所知。他们自己的反犹主义使他们意识不到这种巨大的罪行。在民族主义者的思想中，有些事实既是真实的也是不真实的，既是已知的也是未知的。一个已知的事实可能是如此难以忍受，以至于它被习惯性地推到一边，不被允许进入逻辑思考过程，或者它可能被纳入每一次思考中，但从来不被承认为事实，哪怕在自己内心承认也不行。

　　每一个民族主义者都受到"过去是可以被改变的"这一信念的困扰。他在部分时间里总是沉浸在一个幻想的世界里，在那个世界里，一切都是应该发生的——例如，西班牙无敌舰队取得了胜利，或者俄国革命在1918年被镇压——只要有可能，他就会把幻想世界的某个碎片写进历史书里。我们这个时代的大多数宣传文章都是伪造的。史实被隐瞒，日期被修改，引用的话语被断

---

　　① 达豪集中营是纳粹德国三大中心集中营之一。1933年3月建于德国巴伐利亚州达豪镇，是纳粹德国最早建立的集中营。后辖德国南部20个分营，先后关押超20万人，数万人在监禁中被折磨至死。1941—1942年，在囚犯身上进行医学实验约500人次，主要进行疟疾实验和测试人体在冷水中的忍受能力。1945年4月29日，美军解放了达豪集中营。

　　② 布痕瓦尔德集中营是纳粹在德国图林根州魏玛附近所建立的集中营，也是德国最大的劳动集中营，建于1937年7月。布痕瓦尔德集中营曾囚禁20多万人，约5.6万人被杀害。1943—1944年，布痕瓦尔德集中营成为纳粹人体医学实验基地之一。1945年4月11日，盟军解放了布痕瓦尔德集中营。

章取义和精心篡改而背离了作者本意。那些被认为不应该发生的事件被置之不理，最终被否认。[①] 1927 年，蒋介石枪杀数百名共产党员，但不到十年，他成了一名"左翼英雄"。世界政治的重组使他加入了反法西斯阵营，因此，他杀害共产党人的罪行被"既往不咎"，或者被视为可能从未发生过。当然，宣传的主要目的是影响时下的舆论，但那些改写历史的人，可能确实在部分程度上真的相信，他们实际上是在用事实充实过去。当你考虑到为了证明托洛茨基在苏联内战中没有发挥重要作用而精心捏造谎言时，你很难相信责任人只是在撒谎。更有可能的是，他们认为他们自己的版本，就是上帝眼中所发生的事情，因此他们的篡改是正义之举。

世界各地彼此的封闭加剧了对客观真理的漠视，这使得了解真相变得越来越难。对于最重大的事件，人们往往更抱着怀疑的态度。例如，要对当前这场战争造成的死亡人数进行统计，精确到数百万人甚至数千万人是不可能的。不断被报道的灾难——战争、大屠杀、饥荒、革命——往往会让普通人产生一种不真实的感觉。人们没有办法证实这些事件，甚至不能完全确定这些事件是否发生过，而且人们总是从不同的渠道获得完全不同的解读。1944 年 8 月华沙起义到底是对还是错？德国人在波兰用毒气炉的事是真的吗？孟加拉大饥荒到底是谁的错？也许真相是可以被发现的，但几乎所有的报纸都未能诚实地报道事实，这样一来，

---

① 一个例子就是苏德条约正以最快的速度从公众的记忆中被抹去。一位苏联记者告诉我，记录近期政治事件的苏联年鉴已经把该条约删除了。——原文注

普通读者要么相信谎言，要么无法形成自己的观点的情况是可以原谅的。对于真正发生的事情的普遍不确定性，使得人们更容易坚持疯狂的信念。既然没有什么能被证实或证伪，最确凿的事实也会被轻易地否定。此外，尽管民族主义者总是对权力、胜利、失败、复仇念念不忘，但他们却往往对现实世界中发生的事情不感兴趣。他们想要的是觉得自己一方压过了另一方，借助这种感觉战胜对手比起寻求获胜的事实根据容易得多。所有民族主义的争论都是在辩论会层面上展开，结果总是不了了之，因为每个选手都认为自己胜了。一些民族主义者离患精神分裂症不远，完全脱离现实世界，快乐地生活在权力和征服的幻梦中。

我已经尽我所能探讨了所有形式的民族主义的共同思维习惯。下一步是对这些形式进行分类，但显然我无法进行全面的归类。民族主义是一个宏大的主题。世界被无数错觉和仇恨折磨着，这些错觉和仇恨以极其复杂的方式相互交织，其中最险恶狰狞的尚未影响到欧洲人的意识。在本文中，我关注的是发生在英国知识分子中的民族主义。比起普通的英国人，他们的民族主义色彩更浓，但没有夹杂爱国主义，因此可以进行纯粹的研究。下面列出了目前在英国知识分子中盛行的各种民族主义，并附上似乎必要的评论。使用三个标题会很方便：积极的民族主义、移情的民族主义和消极的民族主义。不过，有些民族主义的变种可以归入不止其中一类。

## 积极的民族主义

**（1）新托利主义**（新保守主义）。其代表人物有埃尔顿勋
爵[①]、赫伯特[②]、杨[③]和皮克索恩教授[④]，他们的主张体现在保守
党改革委员会（the Tory Reform Committee）的文献，以及《新
英语评论》（*New English Review*）和《十九世纪及其后》（*Nine-
teenth Century and After*）等杂志中。新托利主义真正的动力在
于不愿承认英国的实力和影响力已经衰落的事实，这使它带有
了民族主义的特色，也使它与一般的保守主义区分开来。即使
是那些清楚地看到英国的军事地位已经今非昔比的人，也会声
称"英国理念"（总是语焉不详）必将主导世界。所有的新托利
主义者都是反俄派，但有时候又强调反美。重要的是，这种思
想学派似乎正在年轻的知识分子，有时是前共产主义者中获得
越来越多的拥护，他们经历过通常的幻灭过程且大失所望过。

---

① 即戈弗雷·埃尔顿勋爵（Godfrey Elton，1892—1973），英国历史学
家，代表作有《法国革命理念（1789—1878）》等。

② 即艾伦·帕特里克·赫伯特（Alan Patrick Herbert，1890—1971），
英国小说家、剧作家、法律改革家。

③ 即乔治·马尔科姆·杨（George Malcolm Young，1882—1959），英
国历史学家，代表作有《维多利亚时代的英国：一个时代的写照》等。

④ 即肯尼斯·威廉·默里·皮克索恩（Kenneth William Murray Pick-
thorn，1892—1975），英国学者、政治家，1935—1950 年任剑桥大学保守党
议员，1951—1954 年任教育部议会秘书。

不少反英派突然变成狂热的亲英派，阐明这种转向的作家有沃伊特①、马尔科姆·蒙格瑞奇②、伊夫林·沃③、休·金斯米尔④，在艾略特、温德姆·刘易斯⑤和他们的各种追随者身上都可以看到类似的心理发展。

**（2）凯尔特民族主义。**威尔士、爱尔兰和苏格兰的民族主义各有不同，但都有反英格兰倾向。三地民族主义运动的成员都反对战争，同时一直宣称亲苏，甚至其中的极端分子设法同时亲苏和亲纳粹。不过，凯尔特民族主义和仇英情绪不是一回事。它的动力是相信凯尔特人有过伟大的过去，也会有伟大的未来，因而有着强烈的种族主义色彩。凯尔特人被认为在精神上优于撒克逊人——更加单纯，更有创造力，不那么低俗，也不那么势利，等等——但是隐藏在外表下的是司空见惯的权力欲。其中一个症状就是错觉，即认为爱尔兰、苏格兰，甚至威尔士，可以在没有援助的情况下保持独立，而不需要英国的保护。在作家中，持这种

---

① 即弗雷德里克·奥古斯塔斯·沃伊特（Frederick Augustus Voigt，1892—1957），德裔英国记者、作家，以在《曼彻斯特卫报》的工作以及反对欧洲大陆的独裁和极权主义而闻名。

② 马尔科姆·蒙格瑞奇（Malcolm Muggeridge，1903—1990），英国记者和讽刺作家。他的父亲是一位杰出的社会主义政治家，也是议会中早期工党成员之一。他曾在英军服役，也当过英国政府的间谍。

③ 伊夫林·沃（Evelyn Waugh，1903—1966），英国作家，被誉为英国20世纪最优秀的讽刺小说家，代表作有《衰落与瓦解》《一掬尘土》等。

④ 即休·金斯米尔·伦恩（Hugh Kingsmill Lunn，1889—1949），一位多才多艺的英国作家和记者。他曾在一战中为英军作战，后在法国被俘。

⑤ 即珀西·温德姆·刘易斯（Percy Wyndham Lewis，1882—1957），英国艺术家和作家，英国艺术旋涡主义运动的共同创始人，该运动试图将艺术和文学与工业化进程联系起来。

思想的有休·麦克迪尔米德①和肖恩·奥凯西②。没有一个现代爱尔兰作家能完全摆脱民族主义的影响，即使是像叶芝③和乔伊斯④这样伟大的作家也不例外。

**（3）犹太复国主义。**这种民族主义运动不同寻常，它在美国的变种似乎比英国的更暴力，也更恶毒。我把它归为直接民族主义，而不是移情民族主义，因为它几乎只在犹太人中流行。在英国，由于几个相互矛盾的原因，在巴勒斯坦问题上，知识分子大多是支持犹太人的，但他们的表现不是那么强烈。在反对纳粹迫害犹太人的问题上，所有善良的英国人也都支持犹太人。但是在非犹太人的族群里，几乎不存在任何对犹太民族的忠诚，或者认为犹太人天生优秀。

---

① 休·麦克迪尔米德（Hugh McDiarmid）原名克里斯托弗·默里·格里夫（Christopher Murray Grieve，1892—1978），休·麦克迪尔米德是他的笔名，苏格兰诗人、记者。他创造了苏格兰版本的现代主义，是20世纪苏格兰文艺复兴的领军人物。

② 肖恩·奥凯西（Sean O'Casey，1880—1964），20世纪早期重要的英国剧作家之一。他的作品风格多样，且对形式、语言和主题都进行了尝试。他是爱尔兰劳工运动的狂热支持者，为他带来名声也引来争议的"都柏林三部曲"（《枪手的影子》《朱诺与孔雀》《犁与星》）是一系列关注都柏林工人阶级革命斗争影响的戏剧。

③ 即威廉·巴特勒·叶芝（William Butler Yeats，1865—1939），爱尔兰诗人和剧作家，20世纪文学界最具代表性的人物之一，是爱尔兰文学复兴的公认领袖。

④ 即詹姆斯·奥古斯丁·阿洛伊修斯·乔伊斯（James Augustine Aloysius Joyce，1882—1941），爱尔兰小说家和诗人，他被认为是20世纪早期现代主义先锋派最有影响力的作家之一。

## 移情的民族主义

**（1）共产主义。**

**（2）泛政治天主教主义。**

**（3）肤色情感。**在英国，对"土著居民"的那种旧式轻蔑态度已大大减弱，强调白种人优越性的各种伪科学理论已被抛弃。[1]在知识分子中，肤色情感只会以颠倒的形式出现，也就是说，相信有色人种天生优越。这种现象在英国知识分子中越来越普遍，这可能更多的是由于受虐心态和性挫折，而不是由于与东方和黑人民族主义运动接触的结果。即使在那些对肤色问题没有强烈感受的人中，势利和模仿也有很大的影响力。几乎所有的英国知识分子都耻于说白人优于有色人种，然而相反的说法在他看来是无可指摘的，即使他不同意这种说法。对有色人种的民族主义情结总是与认为他们有更好的性生活的联想混杂在一起，民间还流传着黑人性能力强的说法。

**（4）阶级情感。**在上层阶级和中产阶级知识分子之间，阶级情感只是以换位的形式出现——对无产阶级优越性的信念。这里同肤色情感一样，在知识分子内部，公众舆论的压力是压倒性

---

[1]　一个好例子就是关于中暑的迷信。直到不久前，人们还认为白种人比有色人种更容易中暑，如果没有遮阳帽，一个白种人在热带的日晒下走路就一定会出事。没有任何证据支持这一理论，但它起到了强调"土著居民"和欧洲人之间的区别的作用。战争期间，这个理论被悄悄地丢弃，整个军队在热带地区进行军事行动时都不戴防护帽。但中暑的迷信依然存在，在印度的英国医生似乎和外行一样坚定地相信它。——原文注

的。对无产阶级的民族主义式的忠诚，以及对资产阶级最恶毒的理论上的仇恨，能够并且经常与日常生活中的势利并存。

（5）和平主义。大多数和平主义者要么属于鲜为人知的宗教教派，要么仅仅是反对剥夺生命的人道主义者，不会让自己的思想超越这个限度。但也有少数知识分子和平主义者，他们真正的但未表露的动机似乎是对西方民主制度的仇恨和对极权制度的向往。通常和平主义者总是宣传说，两种制度就是半斤对八两的关系，没有哪一个更好，但如果仔细阅读年轻一些的知识分子和平主义者的作品，你会发现他们在批评两种制度上绝没有采取公正的态度，而是几乎总是在抨击英国和美国。此外，他们并不总是谴责对暴力的使用，而总是谴责西方在保卫自己国家时所使用的暴力。苏联人不像英国人，会因为用战争手段保护自己而受到指责。事实上，所有这种和平主义的宣传，都避免提到苏联或中国。也没有人说印度人应该放弃以暴力的方式反抗英国人。和平主义文学中充斥了模棱两可的评论，如果这些评论有所指的话，似乎是在说希特勒式的政治家好过丘吉尔式的政治家，这似乎是在暗示，如果暴力足够厉害的话，或许就可以原谅。法国沦陷后，法国的和平主义者在面临真正抉择时，大多投靠了纳粹，而他们的英国同僚无须作出这个选择。在英国，似乎有一小部分人既是和平誓约联盟的成员，又是黑衫军的成员。和平主义作家曾写过文章赞美卡莱尔，而他是一位法西斯主义精神教父。总而言之，很难不让人感觉到，一部分知识分子所展现的和平主义暗地里对权力和达到成功的残忍手段都是崇拜的。将这种情感归咎于希特勒虽是个错误，但这种情感很容易被再度转移。

## 消极的民族主义

（1）**仇英情绪。**在知识分子中，对英国的嘲弄和轻微的敌视，或多或少成了一种强迫症。在许多情况下，这是一种不可伪装的情感。战争期间，它表现为知识分子的失败主义，这种失败主义在轴心国无法取胜的事实明朗化之后仍然存在。当英国人被赶出希腊时以及新加坡沦陷时，许多人都毫不掩饰自己的高兴，而且他们也不愿相信好消息，如有关阿拉曼战役（el Alamein）①的胜利消息，或者在不列颠空战中被击落的德国飞机的数量的消息。当然，英国的左翼知识分子并不希望德国人或日本人赢得战争，但是他们中的许多人看到自己的国家受到羞辱时不禁感到有些兴奋，他们希望最终的胜利归功于苏联或者美国，而不是英国。在对外政治中，许多知识分子都遵循这样的原则，即凡是英国支持的一方一定是错误的。因此，"开明"的观点在很大程度上是保守主义政策的反面。仇英情绪总是会逆转，因此就有了那常见的奇观：上一场战争的和平主义者到了下一场战争就成了好战分子。

（2）**反犹主义。**目前几乎没有证据证明以下这一点：因为纳粹的迫害，任何有思考能力的人都须站在犹太人一边，反对他们的压迫者。任何受过足够教育的人在听到"反犹主义"时，当然都会宣称自己不受其影响，反犹主义的言论被小心地从所有文学

---

①　阿拉曼战役是指英国陆军元帅伯纳德·劳·蒙哥马利（Bernard Law Montgomery）于 1942 年 10 月 23 日至 11 月 3 日在埃及阿拉曼地区率部击溃德、意联军，从而扭转了北非的战局。

作品中删去。实际上，反犹主义似乎影响广泛，甚至在知识分子中间，保持缄默的共谋或许使得情况更加糟糕。持左派思想的人也未能幸免，他们的态度有时会受到托派分子和无政府主义者往往是犹太人这一事实的影响。不过，有保守主义倾向的人更容易受反犹主义的影响，他们总是怀疑犹太人削弱了民族的士气，消解了民族的文化。新保守主义和泛政治天主教主义总是屈从于反犹主义，至少时不时会这样。

**（3）托洛茨基主义。**这个词的词义很宽泛，包括无政府主义者、民主社会主义者，甚至自由主义者。我在这里用它来指恪守教条的马克思主义者，他们的主要目标是反对斯大林的统治。要研究托洛茨基主义，应该研究那些晦涩的宣传手册或者《社会主义的诉求》（*Socialist Appeal*）① 刊物上的文章，而不是研究托洛茨基本人的作品，因为他并没有一以贯之的思想。虽然在某些地方，比如在美国，托洛茨基主义能够吸引相当多的追随者，并发展成为一个有组织的运动，有自己的小头目，但其精神实质是消极的。托派分子反对斯大林，而共产主义者拥护斯大林。像大多数共产主义者一样，托派分子追求的不是改变外部世界，而是想使争夺声望的斗争朝着有利于自己的方向发展。在每个具体事例中，他们总是钻牛角尖，无法形成基于概率的真正理性的观点。托派分子在世界各地都是受迫害的少数派的事实，以及总是遭受显然是不实的指控（如与法西斯主义者的合作）的事实，造成了

----

① 《社会主义的诉求》为英国国际工人联盟（Workers' International League）的机关刊物。1941 年创刊，1944 年成为革命共产党（Revolutionary Communist Party）的机关刊物。

一种印象，即托洛茨基主义在思想上和道德上都优于共产主义；但是，两者是否有很大的差别是值得怀疑的。最典型的托派分子，原本都是共产主义者。除了那些入党多年的共产主义者外，其他共产主义者随时可能突然投入托洛茨基主义的怀抱。相反的过程似乎并不经常发生，至于为何如此就不清楚了。

在上文尝试对民族主义的分类中，我似乎经常夸大其词，且过于简化地进行无根据的推断，而忽略了通常正当动机的存在。这是不可避免的，因为在这篇文章中，我试图分离并辨识存在于我们所有人的头脑中并且扭曲了我们思维的倾向，这些倾向不一定是在纯粹的状态下出现或者一直发挥作用。现在有必要纠正一下我刚才不得不作的过于简单的描述。第一，一个人没有权利认为每个人或每个知识分子都受到了民族主义的影响。第二，民族主义的影响或许是断断续续的和有限的。一个聪明的人可能会在某种程度上屈服于一个他明知是荒谬的信念，他可能会长时间不去想它，只有在愤怒或多愁善感的时候，或者当他确信无足轻重时，他才会想起这个信念。第三，一个人可能会出于非民族主义动机而善意地接受民族主义的信条。第四，几种民族主义即使彼此之间相互抵消，也可以在同一个人身上并存。

我一直在说"民族主义者这样做"或者"民族主义者那样做"，目的是为了说明，极端的、几乎不可理喻的民族主义者做不到中立，他们只对权力斗争感兴趣。事实上，这样的人很普遍，但是他们不值得耗费口舌。在现实生活中，你必须同埃尔

顿勋爵、普里特①、休斯顿夫人②、埃兹拉·庞德③、范西塔特勋
爵④、库格林神父⑤，及其党羽的其他无聊之人进行抗争，但他们
在思想上的缺陷几乎不需要指出来。偏执狂很无趣，没有哪个偏
执的民族主义者能够写出一本在几年后仍然值得一读的书，这一
事实有助于减少民族主义的消极影响。但是，当人们承认民族主
义并没有在所有地方取得胜利，仍然有一些民族的判断不受其欲
望支配时，那些紧迫的问题——印度、波兰、巴勒斯坦、西班牙
内战、莫斯科审判、非裔美国人、苏德条约以及诸如此类的问题

---

① 即丹尼斯·诺埃尔·普里特（Denis Nowell Pritt，1887—1972），英
国律师，曾担任工党议员，因支持苏联入侵芬兰而被工党开除，后以独立身
份参与英国政治活动。

② 即范妮·露西·休斯顿女爵士（Dame Fanny Lucy Houston，1857—
1936），英国慈善家、政治活动家，曾捐款促进英国航空事业的发展，但她
是极右翼党人莫斯利爵士的支持者，也是 20 世纪 30 年代英国早期法西斯党
的支持者。

③ 埃兹拉·庞德（Ezra Pound，1885—1972），美国诗人和评论家，意
象派诗歌运动的重要代表人物，他推动了英美文学的"现代"运动，影响了
诸如叶芝、乔伊斯、海明威和艾略特等诗人和小说家的作品。他在伦敦待了
12 年，第二次世界大战期间，他在意大利进行了亲法西斯主义的广播，后
被以叛国罪逮捕。在好友的劝说下，通过装精神病而免于受审，被关押在
华盛顿的一家精神病院，直到 1958 年。

④ 即罗伯特·吉尔伯特·范西塔特（Robert Gilbert Vansittart，1881—
1957），英国外交官、作家，极端厌恶日耳曼人。1919 年他参加巴黎和会，
是英国外交部首席秘书。后担任首相首席私人秘书、外交部常务次官。

⑤ 即查尔斯·爱德华·库格林神父（Father Charles Edward Coughlin，
1891—1979），一个极端保守的加拿大裔美国天主教神父，他是 20 世纪 30
年代美国极右翼运动的主要代表人物。他是第一批使用广播接触大众的政治
领导人之一，被称为"广播神父"，约有 3000 万美国人每周收听他的广播节
目。在 1934 年的一次全国民意调查中，他被选为美国第二受欢迎和有权势
的人物，仅次于美国总统罗斯福。

——仍然无法在理性的层面上加以讨论，或者至少还未以理性的方式讨论过。埃尔顿、普里特和库格林之流，每个人都只是张着大嘴，一遍又一遍地说着同样的谎言，这些显然是极端的例子，但是如果我们没有意识到，在无意识的时候我们会模仿他们，那我们就是在自欺欺人。突然敲击某一音符，侮辱般地提起某事——此事的存在可能迄今为止从未被怀疑过——最公正和温和的人也许会突然变成一个结党营私的人，一心想压倒他的对手，并且无视自己说了多少谎言或在这样做时犯了多少逻辑错误。当反对布尔战争的劳合·乔治在英国下院中称，如果把政府公报里宣称被击毙的布尔人数累加起来，要比整个布尔族的人口还要多时，据载，阿瑟·贝尔福①曾站起来大喊"无耻！"很少人能忍住，不像这样情绪失控。一个被白人女性辱骂的黑人，一个听到英国被美国人无知地批评的英国人，被当面提起西班牙无敌舰队的天主教捍卫者，他们的反应大致相同。只要民族主义的神经被刺激到，理性的体面就会消失，过去可以被篡改，最简单的事实也可以被否认。

　　如果一个人心中怀有一种民族主义的忠诚或仇恨，对某些事实，尽管在某种意义上知道是真的，他也不愿意承认。这里举几个例子。我列出以下五种民族主义者，针对每一种，我附上了一个这类民族主义者不可能接受的事实，哪怕是私下里想想也不行。

---

　　①　阿瑟·贝尔福（Arthur Balfour，1848—1930），英国政治家。他在1902—1905 年担任英国首相，在 1916—1919 年担任外交大臣。1917 年，作为劳合·乔治内阁的外交大臣，他发表了《贝尔福宣言》，其中表达了英国官方对犹太复国主义的认可。

英国托利党人：这场战争结束后，英国的实力和声望都将被削弱。

共产主义者：如果没有英国和美国的帮助，苏联早就被德国打败了。

爱尔兰民族主义者：没有英国的保护，爱尔兰无法保持独立。

托派分子：苏联人民接受了斯大林政权。

和平主义者：那些"放弃"暴力的人之所以能够这样做，只是因为有人在为他们的利益而实施暴力。

如果不掺杂感情色彩的话，上述这些事实都是极其明显的。但对于上面所指的每种人来说，这些事实也是不可容忍的，因此不得不加以否认，并在否认的基础上构建虚假的理论。回到我说过的当前这场战争中令人目瞪口呆的军事预言的落空。我认为，知识分子对战争进程的判断，可以说比普通百姓还离谱，他们更容易受到党派情绪的影响。例如，左翼知识分子普遍认为在1940年我们就输掉了这场战争，德国人在1942年一定会占领埃及，日本人永远不会被赶出他们已经征服的土地，英美轰炸攻势对德国没有任何影响。他们能够相信这些事情，因为他们对英国统治阶级的仇恨不允许他们承认英国的作战计划可以成功。如果一个人受到这种情绪的影响，那他什么傻事都做得出来。比如，我听到有人信誓旦旦地说，美国军队来到欧洲，不是为了打德国人，而是为了镇压英国的革命。只有知识分子才会相信这样的说法，没有哪个普通人会这么笨。当希特勒入侵苏联的时候，新闻部（MOI）的官员发出了"内部"警告，说苏联可能会在六个星期内土崩瓦解。另外，共产主义者认为这场战争的每一阶段都是苏联人的胜利，即使苏联人几乎被赶回里海，数百万人沦为俘虏。不需要再举例子了。关键是一旦涉及恐惧、仇恨、嫉妒和权力崇拜，对现实的把握就陷入混乱。正如我已经指出的，是非感也将会混淆。如果事情是"我们"一方做的，那就绝对不是犯罪，没有什么是不能被宽恕的，绝对没有。即使你不否认犯罪已经发生，即使你也知道这与你在其他情况下会进行谴责的罪行没有什么两样，即使你理智地承认那是不正当的行为——但你仍然不会觉得那是错的。忠诚牵涉进来后，怜悯就不再起作用了。

民族主义为何兴起和传播是一个宏大的问题，在这里没法进行讨论。仅指出以下这一点就足矣：民族主义在英国知识分子中的表现形式，是对真实世界中发生的可怕战争的歪曲反映，民族主义最恶劣的表现源于爱国主义和宗教信仰的崩溃。如果沿着这种思路去想，你就有可能陷入一种保守主义或政治上的虚无主义。例如，你可以争辩说，爱国主义是反对民族主义的一剂良药，君主制能防止独裁统治，有组织的宗教能防止迷信，这些都可以进行合理的论证，甚至可能是真的。又或者，你会争辩说，没有不带偏见的观念，所有的信念和事业都包含了同样的谎言、愚蠢和野蛮。这常常被当作一个完全不参与政治的理由。我不接受这个论点，仅仅因为在现代社会，从关心政治的角度看，没有哪个被视为知识分子的人能置身于政治之外。我认为一个人必须参与政治——广义的政治——而且必须有所选择，也就是说，一个人必须认识到，有些事业在客观上比其他事业更好，即使它们是以同样糟糕的方式推进的。至于我所说的民族主义的爱与恨，不管我们喜欢与否，这二者都构成了我们大多数人的一部分。我不知道能否摆脱这二者，但我相信有可能与之斗争，这本质上是道德的努力。这个问题的实质是，你首先要了解真正的自我，知道自身真正的情感，还要认识到不可避免的偏见的存在。如果你憎恨、害怕苏联，如果你嫉妒美国的财富和实力，如果你鄙视犹太人，如果你对英国统治阶级有一种自卑感，你不可能仅仅通过思考就摆脱这些感情。但是，你至少可以意识到上述情感的存在，从而尽力防止自己的思维受到它们影响。情感上的冲动是不可避免的，甚至是政治行动所必需的，应该能够与对现实的接受并存。但是，我再说一遍，这需要作出道德上的努力，而本应该尽力关注时代主要问题的当代英国文学却表明我们当中没有几个人愿意去作出这番努力。

本文写于二战期间，首次发表于
1947 年 8 月。

20 世纪 30 年代，英国人在赛马会上野餐。

# 第一印象

在和平时期，来到英国的外国游客不大可能留意到普通的英国人。哪怕美国人所说的"英国口音"实际上也仅会在不到四分之一的人中听到。在欧洲大陆报纸的漫画中，英国被描绘成了一个戴着单片眼镜的贵族，一个戴着高礼帽的阴险资本家，一个身着巴宝莉的老处女。不论是出于敌意还是善意，几乎所有这些对英国的概括说的其实是有产阶级，而忽略了其余的四千五百万人。

如果不是这场战争，这些普通的英国人依然不为世人所知。战争迫使成千上万通常不会到英国来的外国人，或者作为士兵，或者作为难民，来到了英国，并与英国的普通人有了密切的接触。对捷克人、波兰人、德国人和法国人来说，英国原本意味着皮卡迪利广场（Piccadilly Circus）① 和德比马赛（the Derby）②，但

---

① 皮卡迪利广场位于英国伦敦西区，是几条著名大街的交汇处。有时候，人们把嘈杂拥挤的地方比作皮卡迪利广场。

② 德比马赛是著名的没有跨栏的英格兰马赛，一般每年 6 月在伦敦附近的埃普瑟姆（Epsom）举行。德比马赛于 1780 年首次举行，因赛事的创办组织者之一第十二世德比伯爵而得名。

是现在他们发现自己置身在死气沉沉的英格兰东部乡村、北方采矿镇，或者伦敦的工人阶级集中区。在德军闪电战前，这些地方都鲜为人知。那些观察力强的人会发现真正的英国不是旅行指南书中的那个英国。布莱克浦（Blackpool）度假地①比阿斯科特赛马场更有代表性，高顶礼帽已非常罕见，BBC所用的语言与大众的语言大相径庭。就连常见的英国人的体格也与讽刺漫画格格不入，因为传统上的高挑瘦长身材只限于上流阶层，工人阶级基本上都身材矮小，四肢粗短，动作急促，而刚到中年的女人就变得臃肿肥胖。

尝试从一个外国人的角度来对英国进行一番考察还是挺有意思的。这个外国人初来乍到，对英国没有什么偏见，由于工作的原因会与有用的但不引人注意的普通人保持着接触。即便如此，这个外国人对英国的一些概括仍可能是错误的，因为他可能忽视了战争造成的暂时性混乱。他未曾见过平时的英国，故而会低估阶级差异的影响，或者高估英国农业的状况，或者对伦敦街道的肮脏和酗酒的泛滥过分震惊。但是，带着崭新的目光，他会看到许多被本地观察者忽略的东西，值得对他的大致印象进行一番描述。几乎可以肯定的是，他会发现英国普通民众的突出特征：缺乏艺术敏感性但举止文雅，尊重法律；对外国人总是疑神疑鬼，却对动物满怀爱意；伪善做作，对阶级差异夸大其词，且痴迷于运动。

---

　　①　布莱克浦是英格兰西北部兰开夏郡的一个滨海城市，深受渴望在海边度假的英国工薪阶层的喜爱。该市著名的海滩长达11公里，有各种娱乐活动。建于1894年的布莱克浦塔高达158米，是当地著名的标志性建筑物。布莱克浦还因布莱克浦彩灯节而闻名。这个活动于秋季举行，活动期间布莱克浦塔和街道上会点亮彩灯。

我们在艺术上的无感见之方方面面。越来越多的美丽乡村景观成片地被毫无规划的建筑所毁，重工业获准将一个个乡村变成了黑色的沙漠，古代纪念牌被肆意拆毁或淹没于黄色的砖海之中，迷人的景色被丑陋的雕像遮蔽——所有这一切都没有遭到来自公众的任何抗议。在普通人讨论住房问题时，是不会涉及房子的美学方面的。整个国家对任何艺术都没有形成广泛的兴趣，或许音乐是个例外。诗歌，这门原本英国人最擅长的艺术，一个多世纪以来已经失去了对普通人的吸引力。诗歌只有在被伪装成别的东西——如某些流行歌曲或者顺口溜——时，它才会被接受。事实上，"诗歌"这个词在 98％ 的人中会引来嘲笑或招致尴尬。

这位想象中的外国观察者肯定会对英国人的文雅举止表示赞叹：人群总是井然有序，人们总是会自觉排队，不会相互推搡与争吵，不会看到像公共汽车售票员这样常常受到侵扰且工作过度的人发脾气。英国工人阶级的举止并不总是很体面，但是他们都非常体谅他人。陌生人在问路时总会得到耐心的指点；盲人在伦敦旅行毫无问题，因为无论是上下车还是过马路，总会得到人们的帮助。在战争时期，有些警察会携带手枪，但英国没有那种住在军营并佩带步枪（有时候甚至配备了坦克和飞机）的半军事化的宪兵队，这种宪兵队是从加来（Calais）[①] 到东京的社会的守护者。除了六个大城市的某些特定区域外，犯罪或暴力事件几乎没有。虽然大城市人不像乡下人那般诚实可靠，但是即使在伦敦，报摊小贩依然可以放心地把他的那堆硬币留在人行道上，起身去喝一杯。然而，现在所见的普遍的文雅举止是最近才出现的。

① 加来是法国北部的港口城市。

1940 年 11 月，在伦敦北区的防空洞里，避难者们在织毛衣和聊天。摄影：比尔·勃兰特（Bill Brandt）

1940 年 11 月，在伦敦东南部，避难者们在防空洞里喝茶、看报纸。

1940 年 11 月，一名防空督导员在一个防空洞里边弹琴边唱歌，以鼓舞人们的士气。照片里还可以看到麦凯牧师（Reverend Mackay），他每天晚上都会来避难所，并举行简短的仪式。摄影：比尔·勃兰特我们依然还记得，走过拉特克里夫大街（Ratcliff Highway）<sup>①</sup> 的衣冠楚楚者肯定会受到袭击；我们也没有忘记，"将老婆活活揍死"竟然是著名法学家对"什么是典型的英国犯罪"这一问题的回答。

英国没有革命的传统，即使在极端主义政党中，也只是中产阶级成员从革命的角度思考问题。大多数民众仍或多或少地将"犯法"与"错误"等同。大家虽都知道，刑法过于严厉且光怪陆离，诉讼费用贵，总是有利于有钱人，让穷人吃亏，但人们仍然认为，法律会被认真执行，法官或治安官不会被收买，没有人会不经审判而被定罪。与西班牙或意大利农民不一样的是，英国人骨子里不相信法律是在糊弄人。正是这种对法律的普遍信任，使得最近对人身保护令的大量篡改得以逃脱公众的注意，但也使得一些难堪的局面得以和平结束。在伦敦被轰炸的最危急时刻，当局试图阻止公众使用地铁站来避难。人们不是回之以砸开大门进去，而是给自己买了一个半便士的票，作为合法的乘客进去，相应地，也没有人想过再把他们赶出去。

传统的英国排外情绪在工人阶级中的表现要比在中产阶级中更强烈。多多少少正是由于工会的抵制才阻止了战前来自法西斯国家的大量难民涌入英国。而 1940 年那些涌进来的德国难民被英国政府拘禁时，工人阶级并没有加入抗议的行列。习惯上的不同，尤其是饮食和语言上的差异，使得英国工人阶级很难与外国人相处。英国工人阶级的饮食结构与欧洲大陆人的饮食差别很大，而他们自己对此又格外保守。他们通常对外国菜连尝都不尝，他们讨厌大蒜和橄榄油这类东西，对他们来说，没有茶和布

---

　　① 拉特克里夫大街是伦敦东区（贫民区）的一条街道，19 世纪曾发生过轰动全英国的凶杀案。

丁的生活是没法过的。英语的怪异在于，任何一个在 14 岁就离开学校的人，在长大后几乎不可能学会一门外语。比如，在法国的外籍军团里，英国和美国士兵很少被提拔为军官，因为他们不会说法语，而一个德国人只需几个月就能学会法语。通常，能把外国词音发对的人会被英国工人视为有娘娘腔。这种态度与上层阶级把学习外语作为他们教育的一部分这一事实有关。到外国旅游、讲外国话、品尝外国美食笼统地被视为上层阶级的习惯，是一种势利的表现，因此，排外情绪因阶级的妒忌而强化了。

或许最骇人听闻的是在肯辛顿花园、斯托克波吉斯（Stoke Poges）（此地实际上毗邻格雷写下那首著名挽歌①的教堂墓地）以及其他许多地方的狗的墓地。此外还有动物的空袭警报中心，有给猫用的小型担架。在战争开始的第一年，正值敦刻尔克撤退时，动物节的庆祝却照常举行，其隆重不输往日。虽然最蠢的行径来自上流社会的女性，但是对动物的宠爱却风行全国，这很可能同农业的衰落和出生率的下降有着密切关系。实行数年的严格配给制也没能减少猫狗的数量，即使在大城市的贫民区，鸟类爱好者商店出售的金丝雀饲料的价格也高达 25 先令一品脱。

人们普遍认为伪善是英国人性格的一部分，一个外国观察者

---

① 即《墓园挽歌》，是英国诗人托马斯·格雷（Thomas Gray，1716—1771）于 1751 年写下的诗歌。这首诗描写了乡村生活及人的尊严，是较早对浪漫主义运动作家有影响的作品。诗歌有几节是这样的：

晚钟响起来，一阵阵给白昼报丧，
牛群在草原上迂回，吼声起落，
耕地人累了，回家去，脚步踉跄，
把整个世界留给了黄昏与我。

总会在不经意间碰到，他尤其会在处理赌博、酗酒、卖淫和渎神方面的法律中找到特别典型的事例。他会发现很难将英国普遍存在的反帝国主义态度与大英帝国的辽阔版图相调和。如果他是一个欧洲大陆人，他会注意到，事情的讽刺之处在于，英国人认为拥有一支庞大的陆军是邪恶的，拥有一支强大的海军却没什么不对。如果这位外国观察者把这也视为伪善的话，就不那么公平了，因为作为岛国，并不需要庞大的陆军，英国民主制度因此而得以发展，英国民众对此了然于心。

过去三十年来，巨大的阶级差异已经开始缩小，战争或许加速了这一进程，但是刚到英国的人仍然会对不同阶级之间的明显差异感到震惊，甚至会有些恐惧。大多数情况下，仅仅凭借一个人的举止、衣着和外貌，你能即刻分辨出他的阶级"归属"。甚至体格都差别很大，上层阶级的平均身高比工人阶级高了几厘米。但是，最显著的差异还是在语言和口音上。如温德姆·刘易斯先生所言，英国工人阶级的舌头"被打上了烙印"。虽然阶级差异并不完全等同经济差异，但是相比大多数国家，英国贫富差异更加突出，也更被视为理所当然。

英国人发明了几种世界上最受欢迎的运动项目，其传播之广远远超过了英国文化的其他产品。从未听说过莎士比亚或者大宪章的人有成千上万，这些人连"football"（足球）这个词的音都发不对。英国人自己并非在所有项目上都出类拔萃，但是他们喜欢玩这些运动，甚至喜欢阅读关于这些项目的内容，并下赌注，以至于外国人认为英国人幼稚可笑。在两次世界大战之间的那些年代，赌球比其他任何事情更能让那些失业者感到对生活还有个盼头。职业足球运动员、拳击手甚至板球运动员的受欢迎程度令科学家或艺术家望尘莫及。但是，体育崇拜并没有达到人们在阅读大众报刊时所想象的那种低能无知的程度。当杰出的轻量级拳击手基德·刘易斯（Kid Lewis）在他的家乡小镇竞选议会议员席位时，他只得到了 125 张选票。

一个外国观察者首先注意到的可能就是我们上面所列举的这些特质。他可能以为他可以从中勾勒出一幅可靠的关于英国人特征的画像。不过，他或许会想到：真的有所谓的"英国人特征"吗？人们可以从个体角度来谈论民族吗？如果可以，今天之英国与昔日之英国其连绵不断的纽带是什么？

当他漫步伦敦街头时，他会注意到书店橱窗里的旧版画，他会想到，如果这些东西是有代表性的，那么英国一定已变了许多。英国人改掉粗野生活的习惯还不到百年的时间。从版画中可以看到，曾几何时，英国普通人大部分时间都耗在逞强斗狠、嫖娼酗酒、纵犬斗牛上。现在，那些粗壮笨拙的车夫、低俗无知的拳击手、穿着要被屁股撑破的白裤子的壮硕水手，以及犹如纳尔逊舰队的船饰像的挺着丰满乳房的气焰嚣张的大美女，他们都去哪里了？他们和今日温文尔雅、含蓄克制、遵纪守法的英国人有什么共同点？"民族文化"这种东西真的存在吗？

这个问题就像关于个体的自由意志或身份认同问题一样，往往是理性与本能莫衷一是，各执一词。要找到从 16 世纪以来就贯穿英国生活的那根主线远非易事，但是所有关心此问题的人都认为这条主线存在。他们认为自己了解那些过去延续下来的风俗、制度，无论是议会，还是守安息日，或者阶级的微妙分层，这种了解凭借的是传承下来的外国人无法获得的知识。

他们同样认为每个个体也遵循着某种民族模式。劳伦斯①就被认为是"地道的英国佬儿"，布莱克②也是如此。约翰逊博士③和切斯特顿在某种程度上是一类人。认为我们很像我们的祖先的信念——如莎士比亚更像一个现代英国人，而不是现代法国人或德国人——可能没有充分的理由，但是行为会受到这种信念的影响。人们相信的神话有可能成为现实，因为这些神话确立了一种类型或者说"人格"，而普通人都会尽力去模仿。

　　在1940年最糟糕的时刻，显然英国的民族团结远远强于阶级对抗。如果"无产阶级没有祖国"这句话是真的，那么1940年正是检验这句话的时刻。然而，此时英国的阶级情感却隐而不见了，只是在迫在眉睫的危险消失后才重新出现。此外，英国城镇居民在轰炸下的冷静沉着，或许部分归因于民族人格的存在，即他们关于自己的固有看法。传统上，英国人冷漠镇定，不胡思乱想，也不会轻易着慌：既然这是他认为他应该成为的样子，那他就会向着那个方向努力。英国人不喜欢歇斯底里和"大惊小怪"，却钦佩固执，这为多数英国人所认同，但知识分子除外。数百万英国人欣然接受斗牛犬作为国家的象征，尽管这种犬素以

---

　　①　即戴维·赫伯特·劳伦斯（David Herbert Lawrence，1885—1930），英国小说家、诗人、文学批评家，20世纪最有影响力的作家之一，被公认为现代小说的先驱者。他一生出版了许多小说和诗集，包括《儿子与情人》和《恋爱中的女人》，其中1928年在意大利出版的《查泰莱夫人的情人》，因性爱描写曾一度在美国、英国被禁。

　　②　威廉·布莱克（William Blake，1757—1827），英国雕刻家、艺术家、诗人，被认为是英国第一位重要的浪漫主义诗人。

　　③　即塞缪尔·约翰逊（Samuel Johnson，1709—1784），英国评论家、传记作家、散文家、诗人和词典编纂家，曾编撰了第一本现代英文词典《约翰逊字典》，被认为是英国历史上最有名的文人之一。

1927 年，伦敦河岸街西端的车辆向西行驶，即将进入特拉法尔加广场。

1927 年，伦敦桥。

顽固、丑陋和愚蠢透顶而著称。他们丝毫不忌惮承认外国人比自己更"聪明"，但他们觉得由外国人来统治英国既亵渎了上帝，也违背了自然。我们这位想象中的观察者或许会注意到，这场战争也催生了类似于华兹华斯①在拿破仑战争时期所写的十四行诗。他知道英国出产诗人和科学家，但不出产哲学家、神学家或任何类型的纯理论家。最后，他可能会得出结论说，深厚的、几乎是无意识的爱国主义和不会进行逻辑思考才是英国人性格中恒定固有的特征，此特征可以从莎士比亚以来的英国文学中找到痕迹。

## 英国人的道德观

大约一百五十年来，英国民众已不再被有组织的宗教或任何形式的明确宗教信仰所影响。他们中只有大约 10% 的人除了婚嫁和葬礼外还会进教堂。一种模糊的有神论和对来生的时有时无的信仰可能相当普遍，但基督教的主要教义大部分已经被遗忘了。当被问及"何为基督教"时，普通人会完全用伦理学的字眼来给出定义（"无私"或"爱你的邻居"是他能给出的定义）。在工业革命早期，情况或许就是这样，当时古老的乡村生活突然被打破，英国国教已脱离了信徒。而现今，不信奉国教派的活力也几乎丧失殆尽，在上一代人中，阅读《圣经》的传统已难以为继。遇到的年轻人甚至连圣经故事都不知道，这已经司空见惯。

但在某种意义上，英国普通民众比上层阶级，或许也比其他

---

　　① 即威廉·华兹华斯（William Wordsworth，1770—1850），英国浪漫主义诗人，湖畔派诗人的主要代表，被认为是文艺复兴运动以来最重要的英语诗人之一。

欧洲民族更信奉基督教，因为他们拒绝接受现代权力崇拜。他们对教会主张的教义不屑一顾，却又坚守着教会从未加以阐释的教义，强权不是公理，他们认为这才是理所当然的。正是在这一点上，英国知识分子与普通民众之间的分歧最大。自卡莱尔以来，尤其是在上一代人中，英国知识分子倾向于从欧洲大陆吸收思想，其思维习惯也欧洲大陆化了，这种思维习惯深受马基雅维利（Machiavelli）的影响。过去十几年来流行的思想流派，无论是法西斯主义还是和平主义，其最终的分析形式都表现为权力崇拜。值得注意的是，英国不同于其他大多数国家，马克思主义式的社会主义的最热心拥戴者来自中产阶级。这种社会主义的方法，如果谈及理论的话，显然与所谓的"资产阶级道德"（即"做人的基本道理"）相冲突，而从道德上看，无产阶级才真正坚持了"资产阶级"做人的基本道德。

在讲英语的民族中，"巨人杀手杰克"（Jack the Giant-killer）[①]的故事在民间广为流传。这类小人物对抗大人物的故事有很多，如米老鼠、大力水手、查理·卓别林（Charlie Chaplin）（值得一提的是，在希特勒上台后卓别林的电影在德国就被禁映了，卓别林本人也遭到了英国法西斯主义作家的恶毒攻击）。英国人普遍痛恨恃强凌弱，而且总是站在弱者一方，就因为其处于弱势。因此，英国人钦佩"体面的输者"，无论是对待在体育、政治还是战争上的失败，英国人都表现出包容而不是苛责。即使在非常严肃的问题上，英国人也并不认为失败就一定毫无意义。发生在

———————

① "巨人杀手杰克"是一个广为流传的童话故事，说的是有个叫杰克的男孩带着魔剑，身穿隐身衣，四处奔走猎杀巨人。

1939—1945 年战争中的希腊战役①就是一个例子。没有人指望这场战役会取胜，但是几乎每个人都认为应该打这场战役。民众对于国际政治的普遍态度几乎总是受到同情弱者的本能所驱使。

　　发生在最近的一个明显例子就是 1940 年苏联与芬兰战争中的亲芬兰情绪。主要针对此问题进行的几次补选非常真切地说明了这一点。一段时间以来，民众对苏联的好感已在增强，但是这场战争为多数人做了一个了断，因为作为小国的芬兰受到了大国苏联的攻击。在美国内战期间，尽管北方对棉花港口的封锁给英国带来了巨大的困难，但英国工人阶级还是站在北方一边，支持废除奴隶制。在普法战争中，英国的亲法情绪也主要集中于工人阶级。当奥斯曼土耳其境内的少数民族受到压迫时，代表工人阶级和下层中产阶级的自由党有不少人都对他们抱以同情。对于诸如此类情形，英国公众的情绪一如既往，他们同情抗击意大利的阿比西尼亚人、抗击日本人的中国人和反抗佛朗哥的西班牙共和党人。当德国处于弱势并被解除了武装时，英国人对它也很友好，这场战争之后出现类似的情绪波动就不足为奇了。

　　这种总是站在弱者一方的情感可能源自英国自 18 世纪以来一直奉行的均势政策。但欧洲的评论家可能不会苟同，他们会说这是骗人的鬼话，说英国人忘了自己对印度和其他地方的人民的压迫事实。事实上，我们不知道，如果英国民众能做主的话，他们会如何解决印度问题。所有的政党和不论何种政治色彩的报纸串通起来，合谋阻止他们了解问题的真相。然而，我们的确知道，

---

　　①　希腊战役是指 1941 年 4 月 6 日至 4 月 30 日由德国、意大利和保加利亚的轴心国联军与希腊、英国、澳大利亚、新西兰等组成的同盟国联军在希腊本土进行的战役。4 月 27 日，雅典沦陷。

曾几何时，他们支持弱者与强者进行抗争，即使他们知道这显然对自己不利。爱尔兰内战就是最好的例子。爱尔兰叛军的真正武器是坚定站在他们一边的英国公众舆论，这种舆论阻止了英国政府以唯一可能的手段镇压叛乱。即使在布尔战争中，支持布尔人的情绪也很强，虽然强度还不足以影响事态的发展。从中人们或许会得出结论说，英国民众已经落后于时代，他们还未能理解强权政治、"现实主义"、神圣的利己主义以及为达目的可以不择手段这一信条。

普遍痛恨霸凌和恐怖主义，这意味着任何诉诸暴力的罪犯都不会得到他们的同情。美国式的黑帮犯罪在英国没有市场，值得指出的是，美国黑帮也从未试图将其活动引进英国。一旦需要，英国整个国家会团结起来与那些在街上绑架婴儿和用机关枪进行扫射的人进行斗争，哪怕英国警察的效率也取决于其背后的公众舆论的支持这一事实。这种现象的负面作用就是几乎所有人都容忍残酷而过时的惩罚。英国继续容忍鞭刑这样的刑罚并不是什么值得光彩之事。这种刑罚的继续存在，一部分原因是人们在心理学上的普遍无知，另一部分原因是只有那些犯下几乎得不到任何人同情的罪行的人才会被鞭笞。如果鞭刑被用于非暴力犯罪，或者因军事犯罪而重新制定，可能会引起公愤。军事惩罚在英国不像在大多数其他国家那样被视为理所当然。几乎可以肯定的是，公众舆论反对判处懦弱者和逃兵死刑，但丝毫不反感对杀人犯实施绞刑。一般而言，英国对待犯罪的态度无知而落伍，对待少年犯的人道做法也是最近才出现的。如果阿尔·卡彭[①]生活在英国

---

　①　即阿方斯·加布里埃尔·卡彭（Alphonse Gabriel Capone，1899—1947），绰号"疤脸"（Scarface），意大利裔美国人，芝加哥黑手党的头目。

的话，他被抓进监狱，可不会是因为逃税这样的罪名。

　　相比英国人对待犯罪和暴力的态度，一个更为复杂的问题是：清教的持续影响与闻名世界的英国人的伪善。

　　英国人民的主体，即占人口 75％ 的劳动大众，并不是清教徒。沉闷的加尔文主义神学在英格兰并不像它在威尔士和苏格兰那样一度流行。地位仅比工人稍高的小商人和工场手工业主曾徒劳地将宽泛的清教主义（即谨言慎行、清心寡欲、反对享乐）强加给工人。这种清教主义的根源是其背后明显的却无意识的经济动机。如果你能说服工人，每一样娱乐都是有罪的，你就能让工人多干活少拿钱。在 19 世纪早期，甚至有一个学派主张工人不应该结婚。但如果说清教的道德准则仅仅是骗人的把戏，那也是不公平的。清教道德虽然夸大了对性行为不道德的恐惧，并使这种恐惧扩展至对舞台剧、舞蹈，甚至对色彩鲜艳的衣服的反对，但是在一定程度上，这种夸大是对中世纪后期真正堕落的抗议。这种夸大也有梅毒这个新因素的影响。梅毒大约在 16 世纪出现于英格兰，并在接下来的一两个世纪造成了可怕的危害。随后，又出现了一个新的因素。那就是对蒸馏酒的引进——杜松子酒、白兰地等——这些酒比英国人喝惯了的啤酒和蜂蜜酒的酒劲大。"禁酒"运动是对 19 世纪骇人听闻的酗酒现象的出于良好动机的反应，酗酒是贫民窟的恶劣条件和廉价的杜松子酒的引进所导致的。"禁酒"运动必然是由狂热分子领导的，这些人不仅认为酗酒有罪，甚至连适度饮酒都是有罪的。过去五十年来，甚至出现了类似的反对吸烟的运动。一百年前，或者二百年前，人们已经对吸烟非常不赞同，但仅仅是基于吸烟肮脏、低俗，且对健康有害的理由，而认为吸烟是邪恶的自我放纵的看法则是一种现代观。

　　这种思路从未真正吸引过英国民众。他们充其量也只是受到中产阶级的清教主义的恐吓，享乐起来有些偷偷摸摸罢了。大家都认为，工人阶级远比上层阶级更讲道德，性本身是邪恶的这种观点并没有广泛的基础。音乐厅的玩笑、布莱克浦的明信片、士兵们自己编的歌曲绝不是清教徒式的。另外，在英国，几乎没有人赞成卖淫。有几个大城镇的卖淫非常明目张胆，但吸引力甚小，且从来没有被真正容忍过。卖淫不可能像某些国家那样被加以管制和人性化，因为每个英国人骨子里都认为这是错的。至于这二三十年里所出现的性道德的普遍弱化，可能是暂时的，原因是人口中女多男少。

　　在饮酒这个问题上，一个世纪以来的"禁酒"鼓动的唯一结果是伪善的些许增加。英国人酗酒这一恶习的实际消失并非那些反对喝酒的狂热分子进行呼吁的结果，而是与之竞争的娱乐、教育、工业条件改善和饮酒本身变得昂贵的结果。那些狂热分子已经能让英国人喝啤酒不是那么容易，且让英国人心里隐隐觉得喝酒不对，但是他们未能使英国人真正戒酒。酒吧是英国生活的一部分，虽然不信奉国教的地方政府对其奉行骚扰策略，但酒吧依旧在营业。赌博也是如此。根据法律条文，大多数形式的赌博都是非法的，但赌博依然大规模地发生着。英国人的座右铭或许就是玛丽·劳合①的歌曲中所唱的："来点乐子对你有好处。"他们并非邪恶之人，甚至也不懒，但会想要找点乐子，不管那些高层人士怎么说。在与反对享乐的少数派的斗争中，他们似乎正逐渐

---

　　①　玛丽·劳合（Marie Lloyd，1870—1922），原名玛蒂尔达·爱丽丝·维多利亚·伍德（Matilda Alice Victoria Wood），19世纪晚期最重要的英国音乐厅艺术家。

赢得胜利。就连英国星期天的无聊在过去的几十年里也减轻了许多。一些管制酒吧的法律——目的都是增加酒吧老板经营的难度，减少饮酒的乐趣——在战争期间变得宽松了。禁止儿童进入酒吧的愚蠢规定，使酒吧变成了纯粹喝酒的地方，没有了人情味，如今在一些地方开始不被当回事，这是一个好的迹象。

传统上，英国人的家就是他的城堡。在一个推行征兵制和身份证的时代，这种传统已经无法再延续。但是，对于被控制的憎恨，那种你的闲暇由你支配和一个人不应该因为他的观点而受迫害的意识，是根深蒂固的，没有因战争期间不可避免的集权化过程而被摧毁。

事实上，大肆吹嘘的英国新闻自由是名不符实的。首先，新闻所有权的集中实际上意味着不受欢迎的观点只能刊登在发行量很小的书籍和报刊上。同时，整体而言，英国人并不是很重视出版物，因此对这一方面的自由权利并不是很警觉。过去二十年来发生过许多干涉出版自由的事，但都没有引起真正的民众抗议。即使是反对查禁《每日工人报》的示威活动也很可能是少数人策划的。而英国人享有言论自由也是事实，对这一自由的尊重更是普遍的。只有极少数英国人害怕在公共场合发表自己的政治观点，更没有多少英国人想压制别人的意见。在和平时期，当失业可以作为一种武器时，的确有对"赤色分子"进行一定程度的小规模迫害的情况。但真正的极权主义气氛，即国家极力控制人们的思想与言论的情况，还是很难想象的。

防止极权情况发生的保障措施，部分是对正直良心的尊重，以及愿意倾听双方意见的心态，任何公共会议都能对此加以遵守。但也有部分原因是缺乏思想的结果。英国人对思想问题不是很感兴趣，因此对各种思想都很包容。"思想偏差"和"危险的思想"在他们看来不是特别重要。一个普通的英国人，无论是保守派、社会民主主义者、天主教信徒、信奉共产主义者，或者其他什么人，几乎从来没有理解他所宣称的信条的全部逻辑含义：他几乎总是会不自觉地说出一些奇谈怪论。不管左派还是右派，正统思想只是在文学知识分子群体里盛行，这些人理论上应该是思想自由的捍卫者。

英国人不爱记仇、善忘，爱国也是无意识的，既不崇尚军事荣耀，也不崇敬伟人。老派守旧者的长短他们都有。面对 20 世纪的各种政治理论，他们不会推出自己的一套理论，而是用只能被模糊地描述为"正派（做人道理）"的道德品质来进行抵制。1936 年德国人重新占领莱茵兰（Rhineland）① 的那天，我恰好在北方的一个采矿小镇。在电台刚刚播送完这则明显意味着战争的消息时，我碰巧进了当地一家酒吧，我对着酒吧内的其他人说道："德军已越过了莱茵河。"只听到有人模糊地答道："谈呗。"仅此而已！我想，没有什么事能将这些人叫醒。但是当晚的晚些时候，还是在同一家酒吧，有人哼唱起一首刚出的新歌，歌词唱道：

在这儿，你不能这么干，

不，在这儿你不能。

① 莱茵兰是德国西北部莱茵河两岸的土地。第一次世界大战后，协约国联军占领了莱茵兰西部，并根据《凡尔赛和约》将该地非军事化。1936 年，希特勒违反和约，下令德军重占这一地区。

在别处，你爱怎样就怎样，

但别在这儿干！

我突然想到这就是英国人对于法西斯主义的回答。不管怎样，尽管条件已经具备了，但上述这种事的确还没有在英国发生。我们在英国享有的自由，无论是思想还是别的什么方面，都不应被夸大，但经过了近六年的绝望战争，这种自由并没有明显消亡，这就是一个充满希望的迹象。

## 英国人的政治观

英国人不是太在意教义的细节，而且政治上也十分无知。他们现在才捡起欧洲大陆国家流行多年的政治术语。如果你随机问一组来自任何阶层的人，问他们什么是资本主义、社会主义、共产主义、无政府主义、托洛茨基主义、法西斯主义，多半你得到的答案极其模糊，其中一些答案会蠢得出奇。

他们对自己国家的政治制度显然也一无所知。近年来，由于种种原因，政治活动有所复兴，但是长期以来，人们对政党政治的兴趣一直在减弱。很多成年英国人一辈子都不曾为投票而费过心。在大城市，人们不知道议员的名字或者他们住在哪个选区是常有的事。在战争时期，由于登记材料未能更新，年轻人没有投票权（29岁以下的年轻人一度没有投票权），似乎也未曾为此而烦心。古怪的投票制度并没有引起太多争议，尽管这种制度一向有利于保守党，但在1945年恰好有利于工党。人们关注的是政策和个人（张伯伦、丘吉尔、克里普斯①、贝弗里奇②、贝文），而不是政党。自 1923 年第一届工党政府上台以来，那种认为议会真正控制事态，以及认为新政府上台后会发生重大变化的感觉，已经逐渐消失。

　　尽管可以细分出许多不同的政党，但是英国事实上仅有两个政党，即保守党和工党，这两个政党基本上代表了英国的主要利益。但在过去的 20 年间，这两个政党越来越相似，难分彼此。人人都事先知道，任何政府不管其政治原则是什么，有些事情肯定是不会做的。因此，没有哪个保守党政府会回到 19 世纪的所谓保守主义，也没有哪个社会民主党政府会消灭有产阶级，哪怕无偿地将他们的财产充公。近期出现了一个很好的例子能够说明政治气候的变化，这就是对《贝弗里奇报告》的接受与认可。30 年前，任何保守党人都会将此报告斥为国家慈善，而大多数社会民主主义者会将此报告视为资本主义的贿赂而拒绝接受。但在 1944 年，出现的唯一讨论是对该报告的内容应该全部还是部分采纳。政党区分的模糊几乎在所有国家出现，部分原因是除了美国以外，其他国家都在向计划经济转变；部分原因在于，在强权政治时代，国家生存比阶级斗争更重要。但是，英国有其独特性，它既是一个小岛，又是一个帝国的中心。首先，鉴于目前的经济体制，本土的繁荣部分依赖于帝国，而所有的左翼政党在理论上

---

① 即理查德·斯塔福德·克里普斯（Richard Stafford Cripps，1889—1952），英国政治家，因在 1947—1950 年担任财政大臣期间实行严格的财政紧缩计划而出名。

② 即威廉·贝弗里奇（William Beveridge，1879—1963），英国经济学家，他发布的《贝弗里奇报告》，促进了英国二战后福利国家政策和制度的形成。

都反对帝国主义。因此，左翼政党的政治家们意识到——或者说最近意识到——一旦上台执政，他们必须在放弃某些原则和降低英国人的生活标准之间作出选择。其次，英国不大可能经历苏联那样的革命过程。它太小，太有组织、太依赖进口食品。英国内战就意味着饥荒或被某个外国势力征服，或两者兼而有之。最后，也是最重要的一点，在英国，内战在道德上是不可能的。在任何我们所能预见的情况下，哈默史密斯（Hammersmith）的无产阶级都不会揭竿而起去屠杀肯辛顿的资产阶级：他们并没有那么大的分歧。即使是最激烈的变革也会以和平的方式进行，且展示出合法性，除了各政党的"极端分子"外，对此人尽皆知。

以上所述构成了英国人的政治观。人民大众希望有重大的改变，但是不想要暴力。他们想保持自己的生活水平，同时又不希望自己是在剥削那些较为不幸的民族。如果在全国发布一份问卷，问"你想从政治中获得什么"，在绝大多数情形下，答案都是一样的，实际的答案可能是："经济安全、外交能保和平、社会更加平等，以及解决印度问题。"其中第一个问题最为重要，失业是比战争更为可怕的梦魇。但没有多少人认为有必要讨论资本主义或社会主义，他们对这两个词没有多少兴趣。也无人会对英格兰银行的国有化而感到心惊肉跳。另外，关于坚定的个人主义和私有财产神圣不可侵犯的陈腔滥调也不再被大众所盲目接受。他们知道"高层有的是空间"这句话不是真的，且无论如何，他们当中大部分人并不想爬到高层：他们只想要稳定的工作，为他们的孩子争得一个公平的待遇。

在过去的几年里，由于战争引起的社会摩擦，以及对老式资本主义明显低效的不满、对苏联社会主义的钦羡，公众舆论已经变得相当左倾化，但是并没有更加教条化或者说有明显的怨怼情绪。那些自称革命的政党的追随者并没有显著增加。大约有六七个这样的政党，它们加起来的成员总数，即使算上莫斯利的黑衫军，大概也不到十五万人。其中最重要的是共产党，虽然已经成立二十五年了，但可以说已经失败了。该党在条件有利时，曾经产生过一定的影响，但是该党在英国从未像在法国或者在希特勒上台前的德国那样有成为群众性政党的迹象。

多年以来，共产党员的数量始终随着苏联外交政策的变化而增减。每当苏联同英国关系好时，英国共产党走的就是一条和工党几乎没什么区别的"温和"路线，党员数就会增加到数万人。每当两国的政策出现分歧时，英国共产党就会回到"革命"路线，党员数就会再次下降。事实上，只有放弃自己的基本目标，他们才能争取到相当数量的追随者。其他五花八门的马克思主义政党，都宣称自己是列宁真正的没有腐败的继承者，其处境更为绝望。普通英国人都无法理解他们的教条，对他们的不满没有兴趣。在遍布警察的欧洲国家所流行的阴谋论心理在英国遇阻。多数英国人不会接受任何把仇恨和违法作为主导的信条。欧洲大陆流行的那些残酷无情的意识形态——无论是法西斯主义，还是无政府主义、托洛茨基主义乃至教皇至上的天主教主义——只有英国的知识分子才接受其纯粹的形式。相较于对理论模糊不清的普通大众，知识分子是顽固偏执的孤立派。值得注意的是，英国的革命作家不得不使用一种杂糅的词汇来写作，其关键词语多数是翻译过来的。他们所表达的大多数概念难以用相应的地道的英语词汇来表达。例如，即使是"无产阶级"（proletarian）这个词，也不是英语，大多数英国人不知道该词的意思。如果英国人使用该词的话，它通常就是指"贫穷"。即使在这个含义上，英国人也主要偏重的是社会层面，而不是经济层面，因为多数人会告诉你，铁匠或补鞋匠是无产阶级，而银行职员不是。至于"资产阶级"（bourgeois，读音模仿法语发音，近似于"布尔乔亚"）这个词，几乎只有那些自己出身资产阶级的人才使用。该词唯一真正流行的用法是印刷术语，因此可以想象该词的读音变成了英语化的发音"布尔乔思"（boorjoyce）。

然而，有一个抽象的政治术语英国人使用得非常广泛，这就是"民主"一词，其含义虽不是很严谨，但却很容易理解。在某种程度上，英国人确实觉得自己生活在一个民主的国家。当然不是说，有人会傻到仅从字面上去理解民主。如果民主意味着大众统治或者说社会平等的话，显然，英国不是一个民主国家。但是，如果从民主的第二层含义看，英国是一个民主国家。民主的第二层含义是自希特勒在德国上台后人们所赋予该词的。首先，少数派有权发出自己的声音。但更为重要的是，如果公众决定发声时，其声不会被置若罔闻。公共舆论可能不得不以间接的方式表达出来，或罢工，或示威游行，或写信给报纸，无论如何，公共舆论能够且显然会影响政府政策。一个英国的政府或许不公正，但它不会独断专行。无论如何，它做不出那些极权政府视为当然的事情。可能随手拈来的一个事例是德国对苏联的突袭。此突袭的关键不是没有宣战——那是再自然不过的——而是事先并没有经过任何宣传。德国人民一觉醒来，突然发现自己正与前一晚表面上还处于友好关系的国家作战。我们的政府是不敢做此类事情的，英国人民对此也了然于心。英国人的政治思维很大程度上受"他们"这个词的支配。"他们"是那些高高在上者，那些总是违背你意愿做事的神秘力量。但是，英国人普遍认为，"他们"虽是暴虐的，但不是无所不能的。"他们"会对施压有所反应，如果你不嫌麻烦向他们施压的话，"他们"甚至可以被赶下高位。英国人虽然政治上很无知，但是常常对某些小事极为敏感，如果这些小事好像表明"他们"已经越界的话。故而，表面上麻木不仁的英国人会时不时因一个被操纵的补选或者议会过于克伦威尔式的处理而大惊小怪。

　　英国人的保皇主义情绪不是很容易说清楚，但在英国南方，直到乔治五世（King George V）去世前，这种情绪一向稳定而真实是确凿无疑的。1935 年举行"国王登基二十五周年"庆典时民众的反应曾让当局大吃一惊，庆祝活动不得不延长了一周。在一般情形下，只有较富裕的阶层才公然表明其保皇的态度，比方说，电影放映结束播放"天佑吾王"时，在伦敦西区，富人们会起立致敬；而在较贫穷的地区，人们则径直走出影院。在二十五周年纪念活动中人们表达的对乔治五世的热爱是真诚的，甚至从中可以看到一个古老思想的生命力的韧性与历久弥新，即国王和普通百姓在某种程度上联合起来反对上层阶级的思想。比如，伦敦贫民窟的一些街道在纪念活动中喊出了相当顺从的口号——"贫穷但忠诚"；还有直接将对国王的忠诚与对地主的敌意结合起来的口号，如"国王万岁，打倒地主"；而"不要地主"或"地主滚蛋"类口号更常见。现在说保皇主义情绪因为逊位事件①而彻底消亡还为时尚早，但毫无疑问的是，它因此而受到了沉重的打击。在过去四百年里，这种情绪随着形势的变化而起伏。比方说，维多利亚女王在她统治的一段时间里并不受欢迎，在 19 世纪的前二十五年，公众对皇室的兴趣，远不如一百年后那么强

———————

　　①　逊位事件是指 1936 年英国国王爱德华八世（Edward VIII，1894—1972）在他父亲乔治五世去世后成为英国国王，但统治不到一年时间，他为了迎娶离异的美国人华里丝·辛普森（Wallis Simpson，又译为"沃利斯·辛普森"）而放弃王位，之后继承了"温莎公爵"的头衔。

烈。如今，多数英国人都可能是温和的共和主义者。但如果出现类似于乔治五世那样的另一次长期统治，保皇主义情绪可能再次复兴，并可能——就像大约 1880 年到 1936 年那样——成为一个政治上不可忽视的因素。

## 英国的阶级制度

战争期间，英国的阶级制度成了敌人最佳的宣传论据。针对戈培尔博士所说英国仍然是"两个国家"的指控，唯一真实的答案应该是，它是三个国家。但是，英国阶级差别的奇特之处不在于不公正——毕竟，几乎所有的国家都存在着贫富之别——而在于时代违和感。这些阶级差别并不完全对应着经济差别，而本质上是一个工业化和资本主义的国家却被等级制度的鬼魂所困扰。

通常可以把现代社会划分为三个部分：上层阶级或者说资产阶级、中产阶级或者说小资产阶级，以及工人阶级或者说无产阶级。这种划分大体上符合事实，但是你无法从中得出有用的结论，除非你考虑到各阶级内部的进一步细分，并认识到整个英国的世界观是如何深受浪漫主义和彻头彻尾的势利的影响。

英国是最后保有封建主义外在形式的国家之一。旧的头衔仍然保留，新的头衔不断创设，主要由世袭贵族组成的上院握有实权。与此同时，英国不再是真正的贵族统治。通常主要基于种族差异的贵族统治在中世纪末时就逐渐消亡，中世纪的名门望族几乎已经彻底淹没于历史的长河中。所谓的世家是指那些在 16、17 和 18 世纪发家致富的家族。再者，认为贵族生来如此，即使穷，也不影响其高贵出身的观念，在伊丽莎白时代就已经过时了，这是莎士比亚曾评论过的一个事实。然而，令人好奇的是，英国统治阶级从未变成纯而又纯的资产阶级，也从来不是地道的城市人或者赤裸裸的商人。渴望成为一名乡绅，拥有和管理土地，至少从地租中获得一份收入的理想经受住了世代变迁的考验。因此，每一波新富之人，不是简单地将旧统治阶级取而代之，而是采纳其习惯，与其通婚，在过了一两代后，就无新旧之别了。

根本原因可能是英格兰太小，却气候宜人，风景秀丽多样。在英格兰，甚至在苏格兰，你都不大可能找到距离城镇超过 32 公里的一个地方。相比那些国土面积更大但冬天更冷的国家，英国的乡村生活不是那么粗陋可憎。英国统治阶级的品格还算正直——因为说到底，他们的言行不像其欧洲的对手那般可鄙——可能与他们自视为封建地主有关。相当一部分中产阶级也持有这种观点。几乎每个有财力的人，都把自己打扮成乡绅，或者至少向这个方面努力。股票经纪人的周末度假屋、草坪和草本植物环绕的郊区别墅，甚至贝斯沃特（Bayswater）① 公寓窗台上的盆栽旱金莲，无一例外都是在效仿庄园。这种普遍流行的白日梦无疑是势利的，它使阶级差异固化，并对阻止英国农业的现代化起了推波助澜的作用。但这种白日梦掺和了一种理想主义，一种认为风格和传统比金钱更重要的感觉。

在中产阶级内部有着基于文化而非金钱的明确的区分，即致力于成为乡绅的人和不这么做的人。根据常见的划分，介于资本家和拿周薪者之间的人可被笼统地称为"小资产阶级"。这意味着，哈利街（Harley Street）② 的医生、军官、小店主、农场主、

---

① 贝斯沃特是伦敦西部威斯敏斯特的一个地区。
② 哈利街位于威斯敏斯特，是自 19 世纪以来英国医生开设诊所的集中地。

资深公务员、出庭律师、神职人员、中小学校长、银行经理、包工头，以及拥有船只的渔民，都属于这个阶层。但是，在英国，没有人认为这些人属于同一个阶层，他们之间的区别不在于收入，而在于口音、举止，以及在一定程度上世界观的差异。任何一个对阶级差别稍加注意的人都会认为年收入一千英镑的军官的社会地位要高于年收入两千英镑的小店主。即使在上层阶级内，类似的区别同样存在。有头衔的人总是比收入高却没有头衔的人更受到人们的尊敬。中产阶级总是依据其与贵族的相似程度来划分等级：专业人士、资深官员、军队军官、大学教师、神职人员，甚至文学界和科学界的知识分子，其地位都比商人高，尽管总体上，他们挣得比商人少。这个阶层的特征在于，教育成了他们最大的开销。即使是一个成功的贸易商人，他也总是将儿子送入当地的文法学校学习，牧师则长年节衣缩食，把自己一半的收入供儿子进公学读书，虽然他知道，他花的钱不会有直接的回报。

然而，中产阶级中还有一个引人注目的新的区别。旧的区别主要在于谁是绅士，谁不是绅士。在过去的三十年里，现代工业的需求与技术学校和地方大学的兴起，造就了一类新人，这类人在收入上以及一定程度的习惯上属于中产阶级，但是他们对自己的社会地位不感兴趣。像无线电工程师和工业化学家这样的人，其所受的教育并没有让他们对过去有任何敬畏，他们喜欢居住在旧的社会模式已经瓦解的公寓楼或住宅区中，他们是目前英国最接近无阶级特征的人。他们是社会中重要的组成部分，因为他们的数目在不断增长。比方说，战争使得建设一支庞大的空军成为必要，因此成千上万工人阶级出身的年轻人通过加入皇家空军跻身技术中产。现在任何一次重大的产业重组，都将带来类似的效果。技术人员的典型世界观在中产阶级的老阶层中传播开来。其中的一个迹象是，中产阶级内部彼此之间的通婚比过去更为自由。另一个迹象是，年收入在两千英镑以下的人越来越不愿意因为教育而把自己搞得破产。

另一系列变化正在工人阶级内部发生，这一变化或许始自1871年《教育法案》。我们不能完全无视工人阶级的势利或者奴性。首先在工资收入较高的工人和那些极度贫穷的工人之间的差别还是相当大的。即使在社会主义文学作品中，对贫民窟居民［德语更多使用"流氓无产者"（lumpenproletariat）一词］的轻蔑之情比比皆是，生活水准很低的外来劳工，如爱尔兰人，备受轻视。比起大多数国家，英国人或许更倾向于接受阶级差别是永恒的观点，甚至接受上层阶级生来就是领导者的观点。意味深长的是，在灾难面前，最有能力将全国团结起来的人是丘吉尔，一名出身贵族的保守党人。"老爷"（Sir）一词在英国使用得很普遍，一个看上去像是上层阶级的人总是获得本不应享有的来自行政官、售票员、警察等这类人的更多礼遇。来自美国和殖民地自治领的游客对英国生活的这个层面最为震惊。在两次世界大战之间的二十年里，英国人的奴性倾向不仅没有减少，甚至可能增加了，这主要是失业所导致的。

不过，很难将势利与理想主义区分开来。给予上层阶级应得之外的尊重的倾向与对良好举止和被模糊地描述为文化的东西的尊重搅和在一起。在英格兰南部，无论如何，多数工人阶级都想模仿上层阶级的举止和习惯，这是毫无疑问的。鄙视上层阶级，认为他们娘娘腔和"装腔作势"的传统态度主要盛行于重工业地区。类似"花花公子"和"公子哥儿"等充满敌意的绰号几乎绝迹了，甚至《每日工人报》也刊登"上流绅士的裁缝"的广告。

最重要的是，整个英格兰南部几乎普遍都觉得伦敦腔听起来不舒服。在苏格兰和英格兰的北部，对于当地口音的自豪心态的确存在，但不强烈，也不广泛。许多约克郡人都以自己的宽 U 音和窄 A 音而自豪，且会从语言学层面进行辩护。在伦敦，虽然仍然有人把"face"的发音/feis/发成/fais/，但是或许不会有人认为能这么发音就高人一等。即使一个人声称蔑视资产阶级及其所有的方式，但在他的孩子长大过程中练习发音时，他仍然会比较在意。

然而，与上述趋势并行不悖的是，政治意识和对于阶级特权的不满都在增强。在这二十到三十年的时间里，工人阶级对上层阶级的政治敌意在增强，而文化敌意却在减少。这两者并不矛盾：两种趋势都是机器文明造成的人们举止行为趋于一致的结果，也使得英国阶级制度愈发不合时宜。

英国的阶级差异依然很明显，让外国观察者吃惊，但这些差异远不像三十年前那般显著与真切了。在这场战争期间，不同社会出身的人，或在战场上并肩作战，或在工厂里或办公室中互为同事，或同为消防值班员和国民军，比在 1914—1918 年战争中，他们更能融合在一起。值得列举的是各种各样的影响——可以说机械地——使得各阶层的英国人的差异越来越小。

首先是工业技术的进步。越来越多的人不必从事让人疲惫不堪的重体力劳动，不再因干重活而让身体某个部位格外突出，举止怪异。其次是居住条件的改善。在两次世界大战期间，住房的重建主要是地方政府完成的，从而产生了一类住房（市政房，有浴室、花园、独立的厨房和室内厕所），这类住房更像股票经纪人的别墅，而不是劳动者的简陋小屋。再次是家具的大规模生产，平时可以通过分期付款购买。这使得工人阶级的家居布置得很像中产阶级的家，与前一代人大不一样。最后，或许也是最重要的，就是廉价衣服的大规模生产。三十年前，几乎每个人的社会地位都可以从其外貌中判断出来，哪怕隔着二百码远。工人阶级都穿着买来的现成衣服，这些成衣不仅不合身，而且衣服的款式总是模仿十年或十五年前上流社会的时尚。布帽实际上就是地位的象征。工人阶级整天戴着布帽，而上层阶级仅仅在打高尔夫或打猎时才戴。这种状况正在迅速改变。如今的成衣已经能紧跟潮流，且有适合各类体型的尺寸，即使衣料很便宜，但与贵的衣料做成的衣服相比，表面上也不大看得出来。其结果就是，要一眼判定一个人的社会地位一年比一年难，对女性来说尤其如此。

　　大量生产的文学作品和娱乐节目有着同样的效果。比如，广播节目对每个人必然都是一样的。电影，虽然其隐含的观点通常极其反动，但是为了能吸引到数百万的大众，总是极力避免挑动起阶级对立。几份发行量大的报纸也同样如此，比方说，《每日快报》就吸引了来自所有阶层的读者。过去十几年里出现的某些期刊情况也是一样。《笨拙》（*Punch*）明显是一份中上层阶级读物，但是《图画邮报》则没有针对哪个特定阶级。借阅图书馆和便宜书籍，如企鹅出版社的书籍，普及了阅读的习惯，或许使文学品味趋于一致了。甚至人们的食品口味上也越来越一致，这主要归功于像莱昂斯先生（Messr. Lyons）这类廉价但相当精致的餐馆的大量出现。

　　我们没有理由假设阶级差异实际上正在消失。英国的基本结构几乎保持了 19 世纪的样子。但是，人与人之间的真正差别显然在减少，这个事实为那些几年前还在拼命维护其社会地位的人所知晓甚至欢迎。

　　不管那些富人的最终命运如何，工人阶级和中产阶级显然将趋向于融合为一。这种趋势或快或慢，取决于具体情况。战争加

二战期间伦敦上空的防空气球照片，在中间可以看到白金汉宫和维多利亚纪念碑。

1940 年，一名英国飞行员和一群平民挤在伦敦霍尔本一家商店的橱窗前，查看一张名为"英国的空中攻势"的地图，上面显示了英国皇家空军对德国发动的 700 多次袭击。

1939 年，尽管欧洲局势紧张，但伦敦一家旅行社的海报建议人们预订假期。

1945 年，在伦敦伍德格林高路 97—99 号的一家蔬菜水果店外，购物者排队购买蔬菜。

速了这一进程，全面配给、实用服装、高所得税和强制性国民服务如果再实行十年，这个进程就一劳永逸地结束了。我们无法预知最终的结果。有些观察家，既有国内的，也有国外的，认为英国人享有的相当大的个人自由取决于其明确的阶级制度。自由，在一些人眼里，是与平等不相容的。但是，至少可以肯定的是，目前的趋势是更大的社会平等，这是大多数英国人的愿望。

## 英语

英语有两个非常突出的特征，其余大多数细微奇特之处都与这两个特征有关。这两个特征就是词汇繁多、语法简单。

即使不是世上词汇量最大的语言，英语也是其中之一。英语实际上是由两种语言构成的，即盎格鲁-撒克逊语和诺曼-法语，在过去的三个世纪里，英语刻意基于拉丁语和希腊语词根而创造新词，大规模扩大了词汇量。此外，通过不同词性的转换，英语的词汇量比看上去的多得多。举例来说，几乎任何一个名词都可以用作动词。这实际上扩大了动词的范围，因此，你不仅有"stab"（刀砍），而且有"knife"（动刀）；不仅有"teach"（教书），而且有"school"（上学）；不仅有"burn"（燃烧），而且有"fire"（烧火），等等。再有，某些动词通过添加介词，就能表达多达二十种不同的意思［例子有"get out of"（出去、逃避），"get up"（起床、筹备、打扮），"give out"（散发、公布、用尽、出故障），"take over"（接管、承袭）］。动词也可以相当自由地转换成名词，同时通过使用后缀如-y、-ful、-like，任何名词都可以转化为形容词。相比大多数语言，英语的动词和形容词可以更自由地通过添加前缀 un-变成各自的反义词。形容词可以通过与名词的捆绑而加重语气或被赋予新的意思，比如，"lily-white"（百合白），"sky-blue"（天空蓝），"coal-black"（炭一样黑），"iron-hard"（铁一样硬）。

英语也是一种借用语，但在某种程度上这是不必要的。它可以随时将一个外来词拿来就用，似乎填补了一个需要，但在使用时往往将词义改变。最近的一个例子是"blitz"（闪电战）这个词。作为动词，直至 1940 年才出现在印刷体中，但是现在该词已经成为英语的一部分。英语储存了大量的借用词，再举几个例子看看，如 garage（车库）、charabanc（大型游览车）、alias（又名）、alibi（辩词）、steppe（大草原）、thug（暴徒）、role（角色）、menu（菜单）、lasso（套索）、rendezvous（约会）、chemise（内衣）。人们会注意到，大多数情形下，英语已经有相应的词了，因此借用使得本来已经非常多的同义词数量更庞大了。

英语语法则简单，完全没有词形变化，这个特征将英语与中国以西的几乎所有语言区别开来。任何一个规则的英语动词仅有三种词形变形，包括第三人称单数、现在分词和过去分词。比如，动词"kill"（杀害）的三种变化为 kills、killing、killed，就这么多。当然，英语的时态变化很丰富，表达的含义更为精确，但是这些时态变化是通过助动词的使用来完成的，这些助动词自身很少有词形变化。may、might、shall、will、should、would，根本没有词形变化，除了不常见的第二人称单数。其结果是，动词"kill"的每一个时态中的每一种人称都只能用包括代词在内的大约三十个单词来表达，如果算上第二人称单数的话，也只能用四十个左右。相比之下，法语相应的形式几乎达到了两百种。英语还有另外一个好处，那就是用来构成时态的助动词在任何情况下都是相同的。

英语没有诸如名词变位的现象，没有阴阳性区分，也没有太多不规则的复数或比较级。再有，无论在语法还是句法上都趋向于更简单。带有从句的长句子越来越不受欢迎，像美式虚拟这类不规则但省时的语言组成方式［"it is necessary that you go"（你必须去），而不说"it is necessary that you should go"（你该必须去）］却大行其道。难以掌握的规则，诸如"shall"和"will"或者"that"和"which"的区分越来越不受重视。如果英语继续照此发展下去的话，这门语言最终可能更像无曲折变化的东亚语言，而不像欧洲语言。

英语的更大特点在于它不仅词义广泛，而且语气非常丰富。它能够将无穷的细微之别表达出来，从高雅的修辞到最粗俗的白话，无所不包。另外，语法简单使它容易以简短的形式进行表达。它是写诗抒情的语言，也是用于写标题的语言。虽然拼写不规则，但在较低层次上，这门语言容易学。为着国际化目的，它也可以简化为一种非常简单的"洋泾浜"方言，比如，南太平洋地区的人会说一种"比斯德"（Bêche-de-mer）英语。因此，它非常适合成为世界通用语，而且事实上，它的传播比任何其他语言都要广泛。

不过，把英语作为母语也有很大的缺点，或者至少是危险。首先，如前文已指出的，英国人的语言能力很差。由于英语语法太简单，如果英国人不是在儿时就开始学习一门外语的话，他通常不大可能领会词汇的性别之分、人称代词以及位属的含义。一个完全不识字的印度人学英语，比一个英国士兵学印度斯坦语要快得多。近五百万印度人有英语识字能力，上千万印度人能说简单蹩脚的英语。数万印度人能近乎完美地运用英语，但能完美讲任何一门印度语言的英国人不过几十人。英语的最大缺陷就是它能被简化使用，正是英语如此简单好用，因此它容易被用烂。

　　写英语乃至说英语不是科学，而是艺术。在这点上，并没有什么可靠的规则：只有一条总的原则，即具体词语胜过抽象词语；无论说什么，最简短的就是最好的。仅仅正确不能保证写得好。像"an enjoyable time was had by all present"（一段美好的时光被在场的诸位享受到了）这样的句子是完全正确的英语，所得税单上难以理解的胡乱堆砌的词语也是。无论谁进行英语写作，都要字斟句酌，为每一句话而苦苦挣扎。他要同模棱两可作斗争，同晦涩不明作斗争，同修饰性形容词的诱惑作斗争，同拉丁语和希腊语的侵蚀作斗争，尤其最重要的是，要同这门语言中胡乱堆砌的陈腔滥调和死气沉沉的比喻作斗争。在说话时，上述问题更容易被避免，但是英语口语与书面语的差别比其他语言大得多。在英语口语中，能省的词都被省了，能用的缩略语都被用了。所要传达的意思主要通过强调进行，但奇怪的是，英国人不爱用手势，尽管人们认为用手势来加强表达合情合理。像大声说出"No, I don't mean that one, I mean that one"（不，我说的不是那个，而是那个）这类句子时，即使没有手势，人们也完全能够理解。但是，一旦你想让口语变得典雅和有逻辑，那么你说的话就沾染上了书面语的毛病，你花半小时听下院议员的发言或者听人在海德公园大理石拱门的演讲后，你就会看出这一点。

　　英语特别容易受各种行话的影响。医生、科学家、商人、官员、运动员、经济学者和政治理论家都对英语进行了各自特有的改造，通过研究《柳叶刀》（*Lancet*）和《劳工月刊》（*Labour Monthly*）这类杂志可以知道这一点。但是，或许好英语最致命的敌人是所谓的"标准英语"。这种沉闷的方言，因为被报刊的头版文章、政府白皮书、政治演讲和BBC新闻报道所采用，正自上而下在全社会传播，并由内向外影响到日常说话。这种方言的特征是依赖现成的短语——"in due course"（恰逢其时）、"take the earliest opportunity"（抢占先机）、"warm appreciation"（衷心感谢）、"deepest regret"（深表遗憾）、"explore every avenue"（千方百计）、"ring the changes"（花样翻新）、"take up the cudgels"（坚决捍卫）、"legitimate assumption"（合理假设）、"the answer is in the affirmative"（肯定答复），等等——这些短语曾经非常生动活泼，但如今已变成了挽救思想的"奇技淫巧"，其与鲜活的英语的关系就如同拐杖同人腿的关系。任何准备广播发言稿或者写信给《泰晤士报》的人都会几乎本能地使用这种方言。口语也被这种方言所污染。我们的语言被毁成了这样，以至于斯威夫特①在他的那篇散文《礼貌的谈话》（*Polite Conversation*，对他那个时代上层阶级的谈吐进行了讽刺）中所写的愚蠢弱智聊天，用现代标准来看，已是一个相当不错的对话。

　　像其他许多事情一样，英语目前暂时的堕落蜕化是我们不合时宜的阶级制度所导致的。"有教养的"英语已经没有了活力，因为长期以来它未能从下层人民的语言中吸取新鲜的养分。只有那些接触真实生活的人才最可能使用简单明了的语言，所打的比喻才真正生动形象。比如，像"bottleneck"（瓶颈）这种实用的词汇最可能是由那些曾常常同传送带打交道的人想到；或者又如，很有表现力的军事用语"winkle out"（挪动）暗示了只有对螺蛳和机关枪掩体都熟悉的人才会想出这个词语。英语活力的保

---

　　①　即乔纳森·斯威夫特（Jonathan Swift，1667—1745），18 世纪英国著名文学家、讽刺作家，以《格列佛游记》闻名于世。他曾被高尔基称为"世界文学创造者之一"。

持在于这类形象化语言源源不断地供应。这表明，一旦受教育阶级隔断了同体力劳动者的联系，语言就会受其害，英语尤其如此。而目前的英国，几乎所有的英国人，不论其出身如何，都认为工人阶级说话的方式甚至他们使用的习语，都是低俗的。伦敦土腔使用最广，受到的鄙视也最大。任何词或者用法一旦被视为伦敦土腔，就被视为低俗，即使有些词语或用法仅仅是古语的遗存罢了。举例来说，表达不是的缩略词语"ain't"被弃之不用，而用上了语气上要弱得多的"aren't"。而在八十年前，"ain't"的使用是非常普遍的，维多利亚女王说的一定是"ain't"。

在过去40年里，尤其是近十多年来，英语从美式英语那里借用了大量词语与用法，与此同时，美式英语没有出现从英式英语中借用的倾向。部分原因在于政治。美国的反英倾向比英国的反美情绪强烈得多，多数美国人不喜欢使用他们知道是英式英语的词汇或短语。但是，美式英语能在英国站稳脚跟，部分原因在于美国俚语生动且有诗意，部分原因在于某些美式用法省时（比方说，在名词后直接加后缀-ise，名词就能变成动词），但最重要的是，英国人使用美式词汇无须跨越阶级界限。在英国人看来，美式英语没有阶级标签。这甚至适用于小偷的行话，像"stooge"（走狗）和"stool-pigeon"（告密）被视为不像"nark"（线人）和"split"（告发）那般粗俗。即使一个势利的英国人也不介意把警察叫成"cop"，这是美式英语的用法，但他会反对把警察叫成"copper"，这是英国工人阶级的用法。另外，对工人阶级来说，使用美式英语可以避免被视为有"土腔"，不用学说BBC使用的方言，这种方言他们本能地不喜欢，且很难掌握。因此，在大城市，工人阶级的孩子从会说话起，就能使用美国俚语。更有甚者，哪怕不是俚语，且英国有相应的词语，他们也倾向于使用美式词汇，比方说用"car"代替"tram"，用"escala-tor"代替"moving staircase"，用"automobile"代替"motor-car"。

这一过程或许还会持续。我们不能仅仅因为反对，就阻止这一过程，毕竟多数美式词汇和表达值得借用。有些是必不可少的新词，其他（如用"fall"代替"autumn"）属于我们不应该摒弃不用的老词。但是，我们必须意识到，总体而言，美式英语带来的影响是负面的，且已经对我们自身的英语造成了损害。

首先，美式英语放大了英语的缺陷。美式英语在不同词性的相互转换上走得更远，及物动词和不及物动词的区分逐渐模糊，许多词汇的使用根本没有意义。比如，英式英语通过在动词后添加介词来改变该词的意义，而美式英语恨不得给每个动词都添加一个介词，但没有增加任何新义［比如"win out"（胜出）、"lose out"（输掉）、"face up to"（面对）等等］。另外，美式英语在历史与文学传统的割裂方面走得更远更彻底。美式英语不仅产生了像"beautician"（美容师）、"moronic"（弱智的）和"sexualize"（使性感化）这类词，而且常常用苍白无力的委婉词语代替有力直白的表达。比如，许多美国人似乎不愿提"death"（死亡）以及其他与之相关的词汇，如"corpse"（尸体）、"coffin"（棺材）、"shroud"（裹尸布）等等。但是最为重要的是，完全采纳美式英语或许将意味着英语词汇的巨大损失。尽管美国产生了生动和诙谐的表达，但是美式英语在对自然事物和地方的命名方面极其贫乏。美国城市的街道通常都是用数字来命名。如果真的模仿美式英语，那么像"the lady-bird"（瓢虫）、"the daddy-long-legs"（长脚蚊）、"the sawfly"（锯蝇）、"the water-boatman"（划蝽）、"the cockchafer"（金龟子）、"the cricket"（蟋蟀）、"the death-watch

大约 1948 年，在伦敦大学学院医院附近发现一枚未爆炸的二战炸弹后，警察正在疏散一家人。

beetle"（报死虫）这一大堆生物，以及其他几十种昆虫，都可笼统地被命名为缺乏表达力的甲虫。我们将会失去那些充满诗意的野花名称，或许还会丢掉我们给每条街道、每个酒馆、每块田地、每条巷子或者每个小山丘起名字的习惯。只要我们采纳了美式英语，这便是未来的趋势。那些从电影或者《生活》（*life*）和《时代》（*Time*）中学习语言的人，总是喜欢省时的词，而把有着历史内涵的词汇弃之不用。至于口音，美国口音是否具有现在流行宣称的优越性是值得怀疑的。"受过教育"的英国口音，是过去三十年的一个产物，这种口音无疑是非常糟糕的，被摒弃不用的可能性很大，但是普通英国人与普通美国人说话都能把话说清楚。多数英国人说话时，元音总是模棱两可，而多数美国人常把辅音吞掉。比如，多数美国人在发"water"这个音时，听起来好像没有辅音"T"，好像只有"W"这一个辅音。总之，我们对美国语言抱有怀疑是有道理的。我们应当随时借用吸收美式英语中的最好词语，但是不应该使之影响到我们语言的实际结构。

然而，如果我们不能给我们的英语注入新的活力的话，我们就难以抵制美式英语的影响。在词语和习语无法在社会各个阶层中自由流通的情况下，是很难抵制美式英语的。各个阶层的英国人都觉得用美国俚语"sez you"（随便你）来表示怀疑是很自然的。许多人甚至会认真对你讲，英国没有对应的说法。实际上，英国有一长串这类词，比如，"not half"（连一半都不到）、"I don't think"（我不这么认为）、"come off it"（别胡扯）、"less of it"（少来这一套）和"then you wake up"（该醒了），或者就简单用一个词"garn"（接着扯）。但是，这其中的大多数被认为有些粗俗，比如，你不可能在《泰晤士报》的头版文章找到类似"not half"的表达。另外，许多英语中必要的抽象词语，特别是源自拉丁语的词语，被工人阶级拒绝使用，因为这些词带公学腔，"tony"（摆样子），娘们气。语言应该是诗人和体力劳动者的共同创造，在当代英国，这两个阶级很难携手合作。当他们再次合作时——只是合作的方式将不同于曾经在封建社会的方式——英语将可能比现在更清楚地表明其与莎士比亚和笛福（Defoe）的语言的亲缘关系。

## 英国人的未来

这本书不是关于国际政治的，但是如果你要谈及英国人的未来，首先要考虑的是，他们可能将生活在一个怎样的世界里，以及他们在其中能扮演何种特殊的角色。

民族通常不会消亡，在迄今往后的百年里，无论发生了什么，英国人会继续存在。但是，如果不列颠要以所谓的"伟大"国家而存在，在世界事务中扮演重要且有意义的角色，那么某些事情必须得到确保。其中之一就是英国必须继续与苏联和欧洲保持友好，维系与美国和殖民地自治领的特殊纽带，且以某种友好的方式解决好印度问题。或许要确保的事情太多，但无此，作为一个整体的文明就没有希望，更不用说英国自身了。如果过去二十年来的野蛮的国际斗争继续的话，那么留在世界舞台上的将只有两个或三个大国。长远来说，不列颠不会位列其中。它既无人口也无资源。在强权政治的世界里，英国人最终会沦为附庸，他们能为这个世界所做的独特贡献就会消失。

这种独特之处是什么？最突出的——依据当代标准衡量——就是英国人不互相残杀的习惯，这是他们最原始的特质。撇开那些处在特殊位置的"样板"小国不谈，英国国内政治是以比较人道和体面的方式进行的，这在欧洲是唯一的。它还是唯一没有武装人员在街上巡逻，也没有人害怕秘密警察的国家，这种情况早在法西斯主义崛起之前就是如此。整个大英帝国内，虽然有着各种急应革除的弊病，某些地方发展停滞不前，某些地方经受着剥削，但是整体上维持着和平的局面。虽然帝国内有着世界人口的四分之一，但数目不大的武装人员却能维持得很好。两次世界大战期间，全部兵力顶多不过六十万人，其中三分之一是印度人。在第二次世界大战爆发时，整个帝国能够动员起来的训练有素的人只有大约一百万人。这也就相当于罗马尼亚的动员规模。比起其他大多数民族，英国人或许更擅长以不流血的方式促进革命性的变革。如果有哪个地方能在不消灭自由的前提下消除贫困的话，那或许是英国。如果英国人尽力让自己的民主运作起来，他们将会成为西欧的政治领袖，也可能成为世界其他地方的政治领袖。他们向世界提供了另一种选择，既不是苏联的权威主义，也不是美国的物质主义。

但要扮演领导角色的话，英国人必须知道自己在干什么，必须保持活力。为此，在接下来的十年里，英国人需要促进这些方面的发展，即生育率的上升、社会更加平等、中央集权的减少，以及对知识分子更加尊重。

在战争年代，出生率有略微上升，但是这种上升或许意义不大，因为总的曲线是下降的。目前出生率还不像有时人们说的那般令人绝望，但是要使出生率回到正常状态，那么出生率不仅要急剧上升，而且能够在未来十年或至多二十年内持续上升。不然，人口不仅将会持续下降，而且更糟的是，中年人将会占多数。一旦如此，人口的下降将是无法挽回的。

　　说到底，出生率下降的原因来自经济。说英国人不爱孩子是无稽之谈。在 19 世纪早期，英国出生率非常高，当时人们对孩子的态度在今天看来无情得让人震惊。年仅六岁的孩子就被卖到矿山和工厂去做工，并不会引起公众的太多反对。儿童的死亡，在现代人看来是最骇人听闻的事，在当时却被视为微不足道的悲剧。在一定程度上，现代英国人因为太喜欢孩子才组建小家庭。他们认为如果你不能为孩子提供某种生活水平，至少不能低于自己的生活水平的话，生孩子就是个错误。在过去的五十年里，有一个大家庭意味着你的孩子比同一个阶层的其他孩子穿的衣服要差些，吃到的食品也少些，得到的关注更少，或许还不得不比其他孩子早工作。这对于所有阶层都是一样的，除了那些最富有的人和失业者之外。婴儿的减少部分原因是汽车和广播分走了人们的一部分注意力，但主要的还是典型的英国人的势利和利他思想综合起作用的结果。

　　如果较大的家庭已经成为常态的话，人们爱生孩子的本能或许会回归，但是实现这个目标首先的几步必须是经济方面的。零零星星的家庭补助起不了作用，尤其像现在这样，连住房都严重短缺的情况下。人们应该因为养育更多孩子而过得更好，就如曾经的农业社会那样，不像我们现在这样因为养孩子而陷入经济窘迫。任何政府，只要大笔一挥，就可能让不要孩子的家庭承受的经济负担像现在大家庭那样无法忍受，但是没有哪届政府会这么干，因为政府往往秉持着这样的无知认识，认为人口越多意味着失业也越多。比迄今任何人所能提议的更激进的建议是，税收必须实行分级制，以鼓励生孩子，避免有年幼孩子的女性离家外出工作。这意味着房租要调整，在幼儿园和活动场地等方面提供更好的公共服务，修建更大更方便的住房。或许还得包括免费教育范围的扩大与品质的提升，这样中产阶级的家庭才不会像现在这样被高得离奇的学费压垮。

经济调整必须先行，但是观念也需要改变。过去三十年来，英国公寓楼拒绝有孩子的房客租住，公园和广场都被护栏围起不让孩子进去，理论上非法的流产仅被视为小小的过失，商业广告的主要目的在于宣扬"玩得开心"和尽可能永葆青春的思想，这一切似乎再自然不过。甚至由报纸所培养起来的对动物的狂热膜拜，或许都对出生率的下降起了推波助澜的作用。直到最近政府当局才真正严肃看待这个问题。如今的不列颠比 1914 年时少了一百五十万儿童，但多了一百五十万只狗。然而，直到最近，政府所设计的预制房，依然只有两个卧室——这就是说，这是为最多有两个孩子的家庭准备的。如果你看看两次世界大战之间的历史，或许会非常惊讶地发现，出生率并没有出现灾难性的下降。但是如果当权者与平民百姓都没有认识到孩子比金钱更重要，那么出生率就不大可能上升到人口更替水平。

比起世界大多数民族，英国人或许对阶级区分不是那么焦虑，对待像特权和头衔这类奇怪之事也更为包容。但是，如我在前文已指出的，人们日益希望获得更大的平等，在年收入低于两千英镑的群体中，表面的阶级差异趋于消失。这类情况是自然而然发生的，在很大程度上是战争导致的。问题是如何加速这种进程。甚至转向集中式经济本身就能确保人与人之间更大的平等，在当今世界，除了美国之外，其他所有国家都以这样或那样的名义在实行集中式经济。文明一旦到达了相当高的技术水平，阶级区分就是明显的罪恶。阶级区分不仅使大多数人将生命浪费在对社会声望的追求上，而且也造成人才的巨大浪费。在英国，阶级区分不只体现于财产所有权集中于少数人手中，而且所有的权力，无论是行政的还是财政的，都属于一个单一的阶级。除了一小部分"成功的自我奋斗者"和工党政治家外，那些控制我们命运的人都是从十几所公学和两所大学中走出来的。只有这个国家的每个人都在做着适合自己的工作，这个国家才能发挥出其最大的潜能。只要想一想在过去二十年里担任过重要职位的人，想一想如果这些人出生在工人阶级家庭，情况会怎样，你就会明白，英国的情况并非如此。

再者，阶级区分始终在打击民族的士气，和平时期如此，战时更是这样。人民越有自觉意识，受教育程度越高，士气受到的打击就越大。"他们"（they）这个词传达了一种普遍的感觉，即"他们"掌控着所有权力，并制定所有决策，对"他们"的影响只能是间接的，且是不确定的，这种情况已成为英国的一大障碍。1940年，"他们"表现出明显的趋势要让位给"我们"（we），现在到了"他们"永远让位给"我们"的时候了。显然，有必要实施下面三种措施，其实施会在几年内收效：

第一，收入的调高与调低。第二次世界大战爆发前英国巨大的财富悬殊情况绝不允许再次发生。超过某一点——该点应同目前最低工资保持一个固定的关系——的所有收入都应该被课税。不管怎样，这都得到了理论上的论证，且收到了良好的效果。

第二，教育民主的扩大。完全统一的教育体系或许并不可取。有些青少年能从高等教育中获益，有些则不能，有必要区分人文和技术教育，最好保留一些独立的实验学校。但是应该规定，所有的孩子在12岁或至少是10岁之前都在同样的学校上学，就像有些国家已经实行的那样。过了那个年龄，就有必要将那些天分高的孩子与天分差一些的孩子区分开来。在孩子年纪较小时实行统一的教育将铲除一部分最深的势利根源。

　　第三，消除英语语言中的阶级标签。虽然消除所有的地方口音是不可取的，但是应该有一种全国通用的说话方式，这种方式并不仅仅是对上层阶级的说话方式的模仿（比如 BBC 播音员的口音）。这种全国通行的口音——是伦敦土腔的改版，或者是英国北方口音的一个改版——理所当然要教给所有的孩子。在所有的孩子都学会后，当他们待在某些地方时，他们可能会回到自己的地方口音，但是只要愿意，他们就能用标准英语说话。没有人会因"舌头而打上身份的烙印"。仅仅凭借其口音就确定一个人的社会地位，这在美国和欧洲一些国家是不可能的。

　　我们也需要减少权力的集中。英国农业在战争期间复兴，这种势头可能会继续，但是英国人仍然坚持以城市为中心的观念。再有，从文化上看，这个国家的集中非常严重。不仅整个不列颠实际由伦敦统治，而且地方意识——比如作为东英格兰人（the East Anglian）、伦敦西边的农民，以及英格兰人的意识——在过去一个世纪以来被大大削弱。农场工人的志向通常就是到城里，地方知识分子总是想到伦敦。无论在苏格兰还是威尔士都有民族主义运动，但这些运动都只是基于经济上的不满来反对伦敦，而非真正的地方自豪感，也没有出现真正独立于伦敦和大学城的重要的文学或艺术运动。

　　这种集中化趋势是否能彻底扭转还难以确定，但可以做大量工作来遏止它。苏格兰和威尔士都可以而且应该拥有比现在更多的自治权。地方大学应该拥有更好的设备，地方媒体应该获得更多补贴（目前几乎整个英国都被八家伦敦报纸"覆盖"了，伦敦以外缺乏发行量大的报纸，也不见一流的杂志出版）。如果农场工人有更好的农舍，乡镇更加文明，乡村间的公交更有效率的话，让人们尤其是充满活力的年轻人留在当地的问题就会部分解决。最为重要的是，要从小学教育中培养、激发地方自豪感。每一个孩子理应了解家乡的历史和地形地貌。人们应该以家乡为傲，觉得家乡的景致、家乡的建筑，甚至家乡的饮食都是世界上最好的。这种感觉在北方一些地区仍然存在，但是在英格兰大部分地区已经消失了，这种感觉只会加强而不会削弱民族的团结。

前文已经指出，自由言论在英国能生存，部分原因是愚蠢所致。英国人还不够睿智，成不了追捕思想异端的猎手。你不希望他们变得不宽容，在目睹了结果之后，你也不会希望他们发展出希特勒上台前的德国或贝当上台前的法国那样的政治成熟。但是，他们所依赖的本能与传统只有在他们非常幸运时才能最好地发挥作用，这种幸运拜地理位置所赐，地理环境使他们免遭重大灾难。然而，在 20 世纪，普通人的狭隘利益、较低的教育水平、对"高贵者"（highbrows）的蔑视，以及对美学问题几乎普遍的麻木，成为英国人沉重的包袱。

上层阶级对"高贵者"的看法可以根据授勋名录加以判断。他们认为头衔是重要的判断标准，但几乎没有任何显赫的头衔被授予可称之为知识分子的人。除了极少数例外，科学家从不会获得超出男爵的头衔，文学家从不会获得超出爵士的头衔。街头百姓的看法也好不到哪里去，他们从不会被以下问题所困扰：英国每年花在啤酒和足球抽奖上的钱有上亿，但科学研究因经费不足而停滞不前；我们有钱建数不清的赛狗场，但无钱建一家国家大剧院。两次世界大战期间，英国人听任闻所未闻的愚蠢出现于报纸、电影和广播节目中，这使大众思想更为麻木，双眼被蒙蔽，使他们无法看到重要的问题。英国媒体的愚蠢部分原因是人为造成的，是报纸要靠消费品广告维持生存的这个事实造成的。在二战期间，报纸变得更有思想性，但没有失去读者，数百万人读着几年前他们拒绝读的所谓内容太"高雅"的报纸。然而，人们不仅普遍缺乏品味，而且普遍没有意识到审美因素会有何重要性。比如，在讨论住房重建和城市规划时，通常对美与丑的问题连提都不提。英国人酷爱花卉、园艺和"大自然"，但是这只是他们对农业生活朦胧向往的一部分。总的来说，他们不反对"带状住宅区建设"（ribbon development），对工业城镇的肮脏与混乱也没有不适。他们不觉得纸盒子到处散落在森林里、将锡罐头盒子和自行车架子丢弃到池塘与河流中有什么不对。他们随时愿意听任何告诉他们要相信自己的直觉，鄙视"高雅"的记者的话。

这种情形的一种结果是加剧了英国知识分子的孤立。英国知识分子，尤其是年轻的一代，对自己的祖国充满了敌意。当然可能也有例外，但是，喜欢艾略特胜过诺伊斯[①]的人都鄙视英国，或者认为自己应该鄙视英国，这大体是不会错的。在"开明"的圈子里，要表达亲英情绪需要相当大的道德勇气。另外，在过去的十几年里，在知识分子中出现了一种强烈的倾向，他们对某个外国——通常是苏联——形成了一种强烈的民族主义式忠诚。这种事情或许无论如何都会发生，因为晚期的资本主义把文学甚至科学知识分子推到了这样一种境地：安稳无忧又不必负责。但是，英国大众的庸俗进一步将知识分子孤立起来。这对社会的损失是巨大的。因为这意味着那些有着敏锐眼光的人——比如说，比我们的政府官员早了十年察觉到希特勒是个危险分子的人——几乎无法与大众接触，因而对英国自身问题越发不感兴趣。

英国永远不会成为一个哲学家的国度。他们总是偏爱本能胜

---

①　即阿尔弗雷德·诺伊斯（Alfred Noyes，1880—1958），英国 20 世纪最多产的作家之一，代表作有《拦路强盗》《管风琴》等。

过逻辑，偏爱个性胜过智慧。但是，他们必须摒弃对"聪明"的那种彻头彻尾的蔑视。他们无法再承受得起这种恶习。他们必须不再容忍丑恶，思想上更加具有冒险性。他们必须停止鄙视外国人。他们自己就是欧洲人，对此必须有自觉的认识。另外，他们与海外其他说英语的民族有着特殊的纽带，也肩负着特殊的帝国责任，对此他们需要比过去二十年展现出更多的关注。英国的思想氛围已经比以往活跃了许多。战争如果不是消灭了某种愚蠢行径，至少也将其重创。但是，仍然有必要在全国进行有意识的再教育，不仅要提高学生离校的年龄，而且要花足够的钱确保小学配备足够的人员与设备。广播电台和电影还有报刊，都拥有巨大的教育方面的潜能，如果能够一劳永逸摆脱商业利益的话。

这些似乎是英国人的当务之急。他们要加紧生育，更努力地工作，或许也要更简朴地生活，同时要更深刻地思考，去除势利和不合时宜的阶级区分，并更多地关注世界，而不是自家的后院。几乎所有英国人都爱国，但必须学会用智慧去爱。他们必须对自身的命运有清楚的认识，而不是听信那些告诉他们英国已经完了的人的话，也不要听那些告诉他们英国可以回到过去的人的话。

如果他们能够做到以上这些，他们将能立足于二战后的世界；如果他们能立足，他们就为期待已久的数百万人树立了榜样。世界厌倦了混乱，厌倦了独裁。在所有民族中，英国人最有可能找到避免这二者的方式。除了极少部分人，他们完全准备好了进行必需的剧烈的经济变革，与此同时，他们并不希望这种变革通过暴力革命或者外国占领的方式进行。他们知道任一国家想统治整个世界是不可能的，他们早在四十年前就已知道这个事实，德国和日本最近才知道，苏联和美国人依旧不知道。他们最渴望的是，国内外都享有和平。他们中的大部分人或许准备为和平的来临而作出牺牲。

不过，英国人必须把命运掌握在自己的手中。只有在普通百姓能够以某种方式掌握权力的情况下，英国才能完成其特殊的使命。在战争岁月中，我们总是被告知，在这次危险过去后，不会再坐失良机，历史也不会再度重演。被战争打断的经济停滞一去不复返了，不再有劳斯莱斯轿车从排着长队领救济金的人身边驶过，不会再回到那个有着贫民窟、总是在煮着茶的茶壶、空荡荡的手推车、大熊猫警车（Giant Panda）① 充斥的英国。我们无法确定这个承诺能否兑现。唯有我们自己才能确保它的实现，如果我们不这样做，我们就没有机会了。过去的三十年以英国人民蕴藏的善意作担保而开出了一长串口头支票。但善意的宝库不是取之不尽用之不竭的。再过十年，英国能否保持其大国的地位，就会尘埃落定了。如果答案是肯定的，那正是英国普通民众促成的。

---

① 之所以称"大熊猫警车"，是因为当时伦敦巡逻警车分蓝白或黑白两色。